Monstruario

Seix Barral Biblioteca Breve

Julián Ríos
Monstruario

Cubierta: «La pesadilla» (fragmento),
de J. H. Fuseli

Diseño colección:
Josep Bagà Associats

Primera edición: marzo 1999

© Julián Ríos 1999

Derechos exclusivos de edición
en castellano reservados para
España y América Latina:
© 1999: Editorial Seix Barral, S. A.
Córcega, 270 - 08008 Barcelona

ISBN: 84-322-0779-2
Depósito legal: B. 6.785 - 1999
Impreso en España

I
MONSTRUARIO

Ahora no sé si soy la Momia o el Hombre Invisible, dijo Mons con dificultad a través de sus vendajes, y nos echamos a reír con el alivio de suponer que con el buen humor recobraba también la razón. Klaus y yo volveríamos a ser los monstruos de siempre, Klaus el Zombi y Emil Viejo Sátiro, a menos que no fuéramos el Hombre de Palo y el Abominable Hombre de las Nieves, de antaño, de los buenos tiempos de Londres, y Uwe Doble aún hi-hi-hipaba sacudiendo su corpachón de ogro pantagruélico que se zampa a sus artistas, por ristras, según lo retrató Mons. Y los tres, estratégicamente a los pies y a ambos flancos de su cama, como para cortarle una escapatoria imposible, le ayudábamos a recomponer el rompecabezas —nunca mejor dicho— de los últimos días y noches en Berlín. ¿Así fue si así nos parece? Mons asentía o negaba con su cabeza vendada —aún le costaba especialmente hablar— o levantaba apenas una mano, vendadas también, cuando no conseguía alcanzarnos. A veces abría desmesuradamente los ojos —dos carbones, al rojo en los bordes— entre esa rendija. Tres días después del accidente, seguía confuso —y agitado a ratos— con la sensación de que sobre todo tenía rota la memoria.

9

Recordaba una serie de imágenes, inquietantes e inconexas, que parecían salir de su propio *Monstruario*. O del delirio tremendo de las últimas horas, intermitente y a borbollones embrollados, del que nosotros sólo alcanzábamos palabras y nombres sueltos. O creíamos comprender esos sones apenas farfullados.

¿Qué dice ahora? ¿Pero a quién llama?, insistía Uwe Doble.

Melusina, descifró satisfecho el doctor Koppel; pero sólo yo, el señor biógrafo, como se burla a veces Mons, podía saber que esa Melusina no salía de la imaginación del pintor —de la galería de monstruos de *Monstruario*— sino de su propio pasado: una de sus damas de los tiempos heroicos. Una francesa estudiante de bellas artes y camarera en Londres. Se llamaba Armelle, pero Mons la convirtió en Melusina cuando empezó a ausentarse misteriosamente los sábados. Hasta que descubrió que cuando salía los sábados temprano enmascarada con gafas negras, y un bolsón al hombro, no iba a jugar al tenis con una amiga sino a hacer strip-tease realmente intensivo en varios locales de Soho para pagar el alquiler del cuarto que ambos compartían detrás de Portobello. Mons hacía entonces retratos callejeros. Reconocería su ingratitud al dejarla, casi de la noche a la mañana, cuando un encargo o más bien golpe de fortuna le permitió hacer el viaje a Nueva York que deseaba desde hacía tanto. Melusina, nos explicaba el doctor Koppel, era un hada que se casó con un conde de Poitiers. No dejaba que nadie la viera los sábados —ni siquiera su marido— porque ese día sus bellas piernas se transformaban en cola de serpiente. *El strip-tease de Mélusina*, se titula el cuadro en que Armelle, ya desnuda, alza una media como una piel de culebra.

La araña, parece que musitó Mons, y me temí que el doctor Koppel nos fuera a contar la historia de Aracne. ¿La mujer araña? Creo que Mons se refería a su hermanastra Ara, de niña con frecuencia contorsionándose en una hamaca de red. Y además fue bailarina. Recordaría luego aquel desnudo de la esbelta morena de pelo lacio, ojos rasgados y largo cuello modiglianesco sentada en un banco de madera rubia, con la cabeza reclinada sobre el hombro izquierdo y las manos posadas abiertas junto a los muslos, que tiene una peluda araña negra y redonda en el pubis. Miss Tarántula, me explicó Mons. Trabajaba de masajista en una sauna de Wardour Street, a fines de los 60, y su tatuaje no era el menor de sus reclamos. El doctor Koppel seguía a la escucha, inclinado sobre la careta de vendas.

Al mirar al doctor Koppel, con su cráneo mondo de frente abombada y profundas ojeras violáceas, veía en realidad el retrato que le hizo recientemente Mons, en batín blanco, inclinado sobre una bola de cristal en que se reflejaba su omnisapiente cabeza casi esférica. ¿El psiquiatra lee el porvenir o su propia mente?, le pregunté en su momento a Mons, que se limitó a levantar los hombros y las cejas.

Mons musitaba de nuevo, o se quejaba, y volvió la cabeza hacia la ventana cuando el doctor le preguntó si quería algo. ¿Marcharse? A través de la alta ventana se veían las siluetas de encaje de los árboles como una segunda cortina oscura sacudida por el viento. Al caer la tarde había vuelto a desvariar, aunque menos agitado que ayer. Tan sólo media hora antes, la entrada impetuosa de una enfermera pelirroja —sí, como una llamarada— arrastró a Mons a sus figuraciones y transfiguraciones anteriores. —¡Vampira!—, así dijo, e hizo ademán de resistirse en la cama, hasta que la enfermera, inclinada sobre él, consiguió inyectarle el calmante. No podíamos sospechar que Mons estaba viendo entonces —o reveía al rojo resplandor— a la mujer sentada junto a un brasero, que derrama su amplia cabellera —como hilos de sangre— sobre la cabeza y los hombros del hombre que se ha refugiado abatido en sus brazos y gime con la cara contra su seno mientras ella parece que lo besa y lo acuna pero en realidad lo muerde en la nuca y lo sorbe hasta dejarlo exangüe. O al menos eso pretendía Mons, aquella noche glacial de fines de noviembre en que vimos en un descampado cerca de Checkpoint Charlie a la chica del pelo teñido de rojo candente que empinaba la botella con unos camioneros, junto a un fuego en un bidón, y acabó cayéndose o llorando sobre los hombros del más joven, que parecía tan borracho como ella. O como nosotros. Y es y es —aseguraba Mons, poco después en un café nebuloso de Kreuzberg apropiadamente llamado Malheur, con la lengua tropezosa con la que suele iniciar sus sagas de escaldo alterado— y es el vivo retrato de Petra, su Petruschka, una alemana medio polaca y medio rusa y camaleona de todos los colores —Peluca Loca, la llamaba, aunque era su verdadero pelo, teñido cada poco de un color chillón— que además de pintar botellas de Morandi y servir copas, posaba de modelo, y le hacía recordar el modelo original, la genuina Polaca Loca, Eva «Lalka», la Muñeca, en polaco, asi se decía, su nombre artístico, que fue su musa durante unos meses de desmesura en Londres. Entre pase de moda y pose fotográfica, Eva Lalka aún sacaba tiempo para ser artista dominguera, fotógrafa minimalista, como una ardilla, de aquí para allá, aunque de pronto en medio de una sesión podía petrificarse o entrar en letargo para volver a animarse poco después estirando aún más largo su cuerpo y abriendo mucho sus excavados ojos oscuros, como cuando Mons la encontró en su cuarto oscuro de fotógrafa lleno de cordeles entrecruzados, especie de red o telaraña rara. Y ella aparecía presa en los brazos de un fornido modelo negro. Para evocar a aquella Eva múltiple, desvanecida años atrás, la alemana camaleónica fue su morena *La signorina Spalanzani* de talle de avispa y mano en el pubis, como la Olimpia de Manet, y su rubia platino *La Eva Futura*, maniquí mecánica, bruñida y compacta como algunas figuras tubulares de Léger, y su horripilante *Muñeca de Kokoschka* pelirroja o más bien de melena morena medio teñida de vino tinto recién derramado, o quizá de sangre, poco antes de desaparecer de Berlín, sin dejar rastro. ¿No era ella la de la peluca fosforescente que hacía la carrera en un auto apostado en el baldío de Potsdamer Platz aquella noche nevada? Y volvería a verla al cabo de casi tres meses —estaba convencido—, el pasado jueves, otra noche de demasiadas copas, en la comuna de artistas o más bien fábrica de monstruos que ocupa todo un edificio de seis o siete pisos totalmente ruinoso de Prenzlauer Berg, cerca del ferrocarril elevado de Dimitroffstrasse, quizás en Knaacstrasse. Mons recuerda claramente la fachada renegrida cubierta de pintadas y consignas, sus cuadrados balcones agrietados, condenadas algunas ventanas y muchas con cristales rotos. Por una ventana del cuarto o quinto piso salía una desgreñada fregona sucia o «fregorgona» o podrida cabeza de Medusa en una pica. Y de la ventana vecina colgaba una sábana con el nombre de la comuna u hogar de nuevos nihilistas, en letrazos negros: NIFLHEIM.

Volver al hogar es morir un poco, le dijo Klaus a Mons señalando la sábana, y los dos pálidos punks que custodiaban la entrada lo celebraron enseñando sus colmillos. Casi tan largos, dijo Mons, como los del perro lobo hirsuto que los recibió gruñendo al atravesar, él y Klaus, el primer patio interior de esa casa de los monstruos, así la llamó Mons, acompañados o también custodiados por el extraño Nosferatu de riguroso luto y el encapotado gigantón de cabeza cuadrada y movimientos de autómata que habíamos encontrado en aquel bar subterráneo de Oranienstrasse casi al final de esa noche que iba a ser de todos los monstruos y que empezó apropiadamante en el estudio de Mons, transpuesto sobre sus últimas producciones.

¿Víctor? Víctor..., empujé la puerta entreabierta del estudio y así me lo encontré, desplomado con la cabeza de plomo entre los brazos sobre los papeles revueltos por la mesa de cocina en que hace sus dibujos, en su caverna bajo la cama-tarima, cuando aún cantaba ronca e insistente *devórame otra vez, devórame otra vez*, la voz que parecía salir de la cabezota crespa de la cíclope o ciclopesa negra contra la que apoyaba la suya tan pelada. Por una vez no era la misma música de Mussorgsky, o de Alban Berg, que suena insomne erre que requetempieza cuando trabaja por las noches. Toda la mesa estaba cubierta de bocetos de cabezotas monstruosas. Bajo el gran cenicero de cristal desbordante de colillas, una cabeza de barbudo calvo, de ojos muy dilatados por el temor o la sorpresa, y retorcidos colmillos, casi de jabalí, que se le parece vagamente. Reaparecía en otros cuadros, casi siempre en rincones discretos, de voyeur o de testigo. No sabía entonces que era el retrato, cien veces repetido, de su primer cliente y hasta cierto punto mecenas, que le permitiría vivir todo un año en Nueva York gracias a su único encargo de un retrato alla prima en una sola pose. Que fue casi posesión, para Mons, y obsesión, porque estaba convencido de que aquel retrato cambió su carrera de pintor. Don Jabalí, como solía llamarlo Mons en muchos idiomas, estaba también retratado en otras hojas dispersas por el suelo. El hombre del colmillo retorcido… Es verdad que se le parecía a Mons. Reconocí también la cabezota barbuda del ogro de Pulgarcito que era el redivivo retrato del padre adoptivo de Mons, Marcel Mons o Don Marcelo para sus amigos españoles,

que aparecía ya en el dibujo más antiguo de Mons que se
conserva, de cuando tenía unos nueve años. El Pulgarcito-
Víctor de esa tierna edad, en cama entre su hermanastra y
hermanastro dormidos, dos o tres años mayores que él,
asoma apenas la cabeza y mira con los ojos en blanco al
ogro Mons que les va a rebanar el cuello con un gran
cuchillo. Supongo que el padre adoptivo no llegó a ver el
dibujito del hijo prodigio. En una de nuestras caminatas
por Grunewald Mons me habló de su padre adoptivo, con
el que tuvo siempre problemas. Tomé pocas horas después
esta nota bio-taquigráfica: Marcel Mons, hombre de negocios belga establecido en Madrid años antes de la guerra
civil. Paciente y amigo del abuelo de Víctor, el doctor Verdugo. ¿Qué hay en un nombre? Víctor Mons o entonces
Víctor Verdugo tenía nueve años cuando su madre se casó
(¿en 1945?) con el recién enviudado Mons. Según Víctor,
aceptó casarse con el viudo, mucho mayor que ella, para
contentar al padre. ¿Verdadero Verdugo? Mons apenas
conocía a su madre, Carmen Verdugo, cuando ésta se casó.
Tiranizado por su hermanastro Marcelito y defendido
siempre por Ara, su hermanastra. La madre de Mons
—belleza morena de Romero de Torres, la llamó, a la que
iba ni que pintado el nombre de Carmen— se volvió a
casar tres veces. Colecciona los viudos, dijo Mons. Acaba
de enterrar al último cerca de Baden-Baden.

Víctor…

Creí que eras el hombre-pájaro que me iba a dar con su
palo, dijo Mons, cuando aún lo sacudía por los hombros.
Como siempre, y rió, llegas tarde. ¿O demasiado pronto?
Fuimos a cenar cerca, allí en Kreuzberg, al Zur Kleinen
Markthalle. A través de la humareda y de la barahúnda descubrimos a Klaus con su banda realmente sonora. A Mons
le gusta codearse de vez en cuando con artistas jóvenes por-

que aún no han tenido tiempo de coger tics —tics y garra-
patas, dice a la vez, con su acento francés— y porque le
recuerdan, sospecho, sus propias irreverencias juveniles,
cuando formaba parte en Londres del chocante grupo de
choque «Artychoke» con otros artistas desarraigados. No
recuerdo si allí o quizás al borde del canal, en el Übersee,
nos hablaron de la fiesta que otros artistas jóvenes organiza-
ban el viernes en la Kulturhaus de Treptow. O quizá fue en
alguno de los bares de Berlin Mitte, o Miteux, según Mons,
del Berlín calamitoso que recorríamos en grupo cada vez
más reducido, tal vez en Friseur, la peluquería que se quedó
casi en pulquería, donde Mons sentado con un copón en la
mano bajo aquel secapelos parecía un Papa lunático; o quizás, en el largo recorrido de vuelta por los bares de Oranienstrasse. Quizás en Cazzo, donde encontramos a la también muy joven escultora Frieda, alias «Khalo», con sus
pobladas cejas en alas de golondrina, que a Mons le gusta
especialmente porque es cojita y pisa con garbo. O quizás el
que nos habló de esa fiesta del viernes en Treptow fue Pi, el
pipiolo catalán que sólo pinta números —la cifra del precio
es el mensaje, concluye Mons— y firma sólo con la letra pi,
que fuimos a descubrir acodado en la barra del segundo bar
camuflado del Bierhimmel, en el quinto cielo de cerveza,
frente a la rubia cabeza de la camarera que a Mons le recordaba a la enana de las Meninas. A otro bar con la Bárbola…

Sólo quedamos Klaus y yo para acompañar a Mons a
despedir o enterrar la noche en aquella cripta de Oranienstrasse a la luz de vela, donde también la cara de muñeca de
la camarera parecía de cera y temblaban las siluetas del
enlutado Nosferatu y del autómata acromegálico en capote
de soldado ruso. Los últimos noctámbulos o más bien
sonámbulos. En siniestra simetría, brillaban como *vanitas*
los cráneos de Nosferatu y de Mons, sentados codo con

codo en taburetes altos a una esquina de la barra. Mons se volvió de pronto, al sentir un frío intenso en la espalda. El gigante, bamboleándose aún con la copa vacía en la mano, le había puesto perdida de vodka la chaqueta. No llegamos a las manos, por poco, pero Mons ya había conseguido apresar el pescuezo del gigante. Y el cadavérico enlutado, que también parecía borracho, intentaba disculparlo y explicar que le había pedido a Boris, que aún no entendía bien el alemán, que le ofreciera una copa al pelado de al lado. No iba a esperar a que de nuevo se desbordara la copa, yo ya apuré la mía, la de despedida, y sólo se quedaron Mons y Klaus para aceptar nuevas copas y explicaciones de Nosferatu —en realidad se llama Hellmann, cree recordar Mons— que resultó ser artista también y fabricante de monstruos y grimmlins *(sic)* que empezaban a tener aceptación en las industrias del cine y del espectáculo. Encantado de mostrarles algunos, en perfecto funcionamiento, y algunas instalaciones especiales, nada lejos, en Prenzlauer Berg. De lo que Mons y Klaus vieron al principio en esa casa casi en tinieblas no hay verdadera divergencia. Pero Klaus vio mucho menos, porque no tardaría en quedarse roque, quizá por efecto de otro *bloody Mary*, hundido en un cascarón de huevo blando del que su cabeza rubia asomaría como pálida yema, a la media luz de unas extrañas arañas que colgaban como lámparas y subían y bajaban por unos hilos luminosos en aquel saloncito kitsch rococoricó atiborrado de extraños muebles y objetos repulsivos, como aquel teléfono escarabajo o cucaracha que se arrastraba penosamente por la alfombra. ¡Pobre Gregor Samsa! Y mientras aún daba cabezadas le pareció que una peluca o peluda araña negra y redonda le sonrió con la sonrisa del gato de Cheshire. ¿Y quizá Mons vio en sueños lo que vio?

Klaus recuerda perfectamente el patio oscuro, con el perro lobo feroz, las fauces humeantes, la nieve apilada en montículos y dos grandes troncos tirados en el suelo que le hicieron pensar —por algo se llama Holzmann, y es escultor en madera— que le vendrían bien para su primigenia pareja nórdica *Askr y Embla*. Hubiera podido pensar también en ese cuadro de Mons, *No es bueno que el monstruo esté solo*, que representa a un Adán y Eva frankensteinizados, desnudos y cogidos de la mano, que parecían tallados a hachazos como las toscas esculturas del propio Klaus. Mons había escuchado la queja de la criatura del Dr. Frankenstein: «Estoy solo, terriblemente solo.» Como el verdadero artista, le dije, que es único. Como cada uno, matizó Mons, aquella noche en su estudio en que revisábamos juntos el texto que había escrito para el catálogo de su próxima exposición, y volvió a poner contra la pared esa tela que él aún ponía en tela de juicio. ¿Quería dar a entender: todos somos únicos, ergo todos somos monstruos? Pensándolo bien, caería en la cuenta Klaus, el Golem o Goliath aquel del capote verdoso también tenía flequillo, sin duda para acentuar el parecido. También recordaba, como Mons, que al entrar en la primera habitación, estrecha y casi a oscuras, en la planta baja, de pronto lo aterrorizó y casi lo chamuscó un dragón de hierro, oxidadas sus escamas, que giraba vomitando llamas de soplete. Nidhogg, les dijo Hellmann. Es plausible que Klaus, tan versado en mitologías nórdicas, le explicara entonces a Mons que ése era el dragón que le chupa la sangre a los condenados en el mundo de las tinieblas o Niflheim. No recordaba, en cambio, al motorista del ceñido traje de cuero negro y casco con serpientes pintadas que entró sacudiéndose la nieve, fue a cambiarse tras un biombo y salió convertida en la albina escultural de la túnica blanca, blanca como una estatua, que se llevó a Mons de la mano hacia las profundidades de la casa. Tampoco recordaba una especie de echadero apenas iluminado por candiles en hornacinas, con colchonetas por el suelo, donde yacían aparentemente dormidos varios hombres y mujeres de diferentes edades, en promiscua mescolanza. Viajan, dice Mons que dijo Hellmann. Entre aquellos chamanes y penates en pena, reconoció a la anciana menuda de gorro negro y filosa cara apergaminada que era la mismísima dama de una palidez cadavérica que él y yo vimos en una cena casi de cenizas unas noches antes en un nuevo *bistrot* de moda cerca de Savignyplatz. Nos había llamado la atención su palidez, antes de que se quedara tiesa en el suelo mientras su acompañante, una joven morena y fina de pelo muy corto, que quizá se le parecía, intentaba reanimarla de rodillas a su lado. Una camarera nos dijo, impávida, que pronto se ocuparían de ella. Allí tendida inmóvil sobre los escaques blancos y negros, al tiempo que los comensales, sólo al principio embarazados, seguían y seguían y —sí— seguíamos masticando. El vivo al pollo… Creímos, en efecto, que estaba muerta. La chica morena, muy joven, no se movía de su lado. Hasta que llegó la ambulancia. Pero antes vinieron unos pajarracos y pajarracas de mal agüero, fúnebres, y también muy pálidos, todos de negro, que no pasaron de la puerta del restaurante y parecían al acecho arañando la cristalera a mi espalda, con un rasguñar de uñas que aún me da escalofríos. Los demonios —los llamó Mons— y recuerdo que acabamos discutiendo si el mayor monstruo era el demonio o Dios. Como el demonio no puede ser Creador, atributo divino, Dios le permite poseer a los artistas, esas parodias minúsculas de Creador. Quién como Dios…, se dice el demonio, que hubiera querido ser el mayor monstruo. Demostraciones de Mons, teoherético, ante la yacente de cuerpo demasiado presente. Mons insiste en que se trata de la misma dama pálida que yo dije que se parecía —Mons tiene bastante buena memoria— a una tal baronesa Blitzen, rayos y centellas; pero que a él le traía recuerdos —sobre todo por la blancura extrema y tipo delicado, porque nunca consiguió verle la cara— de una vieja conocida, aunque aquélla era o parecía joven. Y de sobremesa, alentado por generosos coñacs, me fue refiriendo, yo diría difiriendo, la historia extraordinaria de su primer retrato sobre piel humana.

Tampoco había visitado Klaus la instalación o gran cubo búnker de muros de pantallas de televisor con un robot tótem de televisores apilados en el centro (y ojos —de mosca— de muchos lentes) que se duplicaba en cada uno de aquellos espejos. Ni la sala de proyecciones —tal vez en un sótano, porque Mons cree haber bajado escalones en la oscuridad aún de la mano helada de la dama blanca—, donde King-Kong examinaba en la palma de su manaza negra a la rubia liliputiense que se parecía a Eva Braun maquillada de Greta Garbo e imploraba con las manos juntas hacia la sombra charlotesca que se agitaba y agigantaba en la pantalla aplaudiendo. Heil! ¡Ya la ha visto diecisiete veces!, dice Mons que dijo Hellmann.

Y aún vio Mons en esa sala oscura la blanca fosforescencia de un palpitante velo translúcido que se desplazaba por la negrura abisal contrayéndose y dilatándose como un corazón sutil con su sístole y diástole en la estela rítmica de la danza del velo de una medusa que lo envolvía ondulante como la dama blanca que se agitaba sobre el profundo diván negro acariciándole suavemente el vientre con su cabellera albina y lo aspiraba hacia la helada profundidad donde creyó distinguir dos desorbitados ojos y suspirando lo cubría con su amplia túnica blanca transparente que volvía a ser el sedoso salto de cama de Hellen Gulick que lo cubría riendo después de asaltarlo en cama por sorpresa allá en Londres siglos atrás, evocó Mons, y Hellen volvía a ser realmente su Medusa Made in USA, como él la bautizara, la escultora hiperrealista condiscípula de John de Andrea, al encontrársela una noche dormida en el suelo de su galpón-estudio de los docks, entre todas aquellas estatuas de sal o de fibra de vidrio suyas o más bien pompeyanas petrificadas en un gesto por la lava súbita o por su mirada de Medusa escultora con la que compartió más de un modelo (en *Grâce à Trois* la agraciada rubia desnuda, enlazada por los rubensianos Hellen y Mons, contempla el cuadro y la escultura al fondo del estudio que la representan como Gracia que abre los brazos sobre los hombros inexistentes de las dos Gracias que faltan) y que acabó por petrificarse a sí misma en el espejo de la noche, *La durmiente* vestida sólo con los reflejos de los neones que parpadean a través de una ventana, mucho antes de que se durmiera para siempre en Nueva York, con un cóctel de veronalcohol, rubia muñeca barbitúrica, que volvía a envolverse en su mortaja blanca y a disolverse en la profunda negrura danzando con sus velos transparentes en la fosforescencia de una pantalla de televisión que parpadeaba iluminando intermitentemente la pieza blanqueada en la que se remecía sola la dríade con los brazos en alto y manos con raíces por uñas, su pelo como un velo oscuro sobre la cara, de cuerpo menudo y cobrizo, con senos como manzanas, que parecía la estudiante de bellas artes Anne Kiefer, estaba seguro, y fue a desaparecer en medio de un torbellino de polvo por un lóbrego corredor que daba a un cuarto, con una cama de hierro y un bidé, separado por un cortinón de un cubículo enrojecido por un brasero donde la desnuda Eva vampiresa se suelta su pelo rojo fuego sobre el adán adolescente que gime arrodillado en sus brazos. Camuflado entre los pliegues del cortinón rojo, creía reconocerlo, aquel mirón calvo de la barbita que se relame enseñando sus colmillos… Ni tampoco llegó Klaus hasta el ambigú con la larga mesa cubierta de platos de fiambres y botellas presidida por un enorme molde de pan de molde o *pain-surprise* que debería de estar lleno de sandwiches y del que salió, al levantar la tapa, *nain-surprise!*, un enano de capa y espadín al cinto. Pero Mons llegaría a dudar si ese pan de enano o de Peter Pan no lo vio en realidad al día siguiente en el buffet bufo de la fiesta en Treptow. Y Klaus no estaba seguro de haber visto siluetas y sombras, por el largo corredor de aquella casa de Prenzlauer Berg, que salían y entraban en otros cuartos, iluminados algunos. Tampoco del puff oscuro que resultó ser un culebrón que se desenroscó y fue a retorcerse, dijo Mons, bajo la mesa baja de cristal en la que les sirvieron nuevas bebidas. Klaus recuerda que se le iba la cabeza y con poco disimulo vertió el nuevo *bloody Mary* en un gran cenicero sobre un trípode. No conviene regar con sangre las cenizas, había bromeado macabro Hellmann. Eso dijo Mons que dijo Hellmann pero Klaus tampoco lo recuerda. Ni a las dos sombras chinescas que se agitaban acoplándose tras un biombo ni de lo que dice Mons que dijo Hellmann tras una risotada: Peter Schlemihl y la Mujer sin Sombra hacen la bestia de dos espaldas. Ni a la Bestia ni al Ángel. Ni a los otros seres, enseres, personas y quisicosas que vio Mons o que dice que vio allá en la casa esa de Prenzlauer Berg esa noche y que recordará turbiamente de madrugada, de vuelta a su destartalado estudio —y calvario— de Kreuzberg, antes de enfrentarse a sus propios monstruos:

La tortuga con cabeza y pecho de mujer, un collar de perlas sobre sus senos turgentes, que le decía pian piano al escorpión con piernas y pies de hombre que la aguijoneaba sin dejar de rasguear su viola de amor.

La centaura que se apresaba los senos con ambas manos y agitaba su pelo, anudado en graciosa cola de caballo, mientras la penetraba acaballado a su grupa un fauno de barbas de chivo que acabó exclamando feliz y sudoroso: ¡Haremos el centauno! Y lo celebraba alzando una copa de champán el minotauro barbudo recostado entre almohadones junto a una rubia bacante desnuda que se limitó —cauta o envidiosa— a señalarse el ojo derecho con el índice: Mon oeil!

La mujer de pupilas dobles, encendidas de cólera, que lanzaban rayos láser y asomaba una vibrante lengua bífida entre sus labios tatuados sin dejar de contorsionarse serpentina.

La mujer o diosa terrible africana que giraba ensangrentada sobre su eje, empalada en una lanza, cambiando a cada giro de cara o máscara terrorífica.

El bestial gigante caníbal Grendel, cubierto de costras de barro, que avanzaba a cuatro patas al encuentro del renegrido caníbal Calibán, que rugía mirándose en un charco y levantó la cabeza, amansado, al oír el aria seráfica del Fantasma de la Ópera que le tendía como espejo su máscara de oro brillante de lágrimas.

Y volvería a ver por la pared de su estudio la grotesca silueta del enmascarado con astas de reno, ojos y pico de búho, cabezón de barbudo, manos de león y patas y cola de caballo, que brincaba, se agitaba, rugía, rasgaba, coceaba, que era su propia sombra de Mons frenético mientras se entregaba a la destrucción de sus monstruos.

Traté de imaginarlo: hecho una furia, luchando a brazo partido con sus Gorgonas, riss-rass rasgar arrastrar arrasar, papeles telas bastidores batidos y pisoteados, más patadas al mantícora barbudo que se me parece, pese a su cuerpo de león, incluso embistiendo con su cabeza dura bien afeitada y destocada al Minotauro berrendo horrendo en negro, barriendo con los pies tritones triturados, sátiros a tiras, cíclopes despedazados, faunos y centauros en cien pedazos, otra quimera, que muera, zas, y otro tajo, que Jano decapitado no suelte queja… Auugh. Y pensar que no volveré a ver mis tres caras de Jano bestial, que parecían de hombrelobo, de león real y de bull-dog, o acaso de cretino, de fanático y de bruto, y que me recordaban el *Signum triciput* de Ticiano, que tantas veces contemplé en la National Gallery de Londres, aunque Mons aseguraba que se inspiró en la *Trias Romana* de Grünewald, que está aquí en Berlín, en el Kupferstichkabinett, y que además no eran caras de mi cara, ¡carajo! Esa discusión ya no tiene objeto. Tras cometer de madrugada el crimen pasional o genocidio de sus monstruos —si así puede decirse— Mons no debió de soportar más quedarse a dormir en su leonera, tan vacía de repente, o acaso prefirió cambiar inmediatamente de aires, como siempre que iba a iniciar una nueva etapa, y se fue esa misma mañana al Hotel Askanischer Hof, donde ya estuvo alojado en sus primeras semanas en Berlín. Volvió a la gran habitación de doble puerta corredera y ventanal como tríptico que da a la Ku'damm, la 12, en el primer piso, confortable y anticuada, con tapices y tapetes, que me recordaba el estudio de un pintor académico de éxito a fines del siglo pasado. Podría ser el estudio de John Singer Sargent en París —le dije esta vez—, si no fuera por la televisión. Y Mons, repantigado plácidamente en un aparatoso sillón de orejas giratorio de cuero negro y con los pies en un reposapiés, observó que el televisor ocupaba el lugar del caballete. Pero estos muebles, y yo, somos de los años treinta, añadió, y parecía muy tranquilo al precisar también que no hubo crimen pasional, al destruir su *Monstruario*. Fue más bien, dijo, un acto de eutanasia. Una nueva belleza terrible ha renacido, anunció, fue a tomar el bloc que estaba sobre el televisor y sonrió enigmático al alargarme el dibujo a lápiz que había acabado poco antes de mi llegada: una vibración de franjas negras y blancas, casi de Op art, que configuraban, al fijarse bien, una sinuosa silueta femenina que ondulaba en una caja transparente, quizás un acuario. Le complacía verme tan intrigado por su «Dame X». Su Dama de la Ku'damm. Copiada del natural, dijo. Y me la mostró desde la ventana de la habitación: una belleza extraña, si no terrible, la morena de pelo muy corto, tan negro como sus ojos, muy subrayados con cohol, fina su cara de perfil vagamente egipcio, entre Nefertiti y Audrey Hepburn, aunque Mons no cayera en ello, algo hierática sentada de medio lado, y de una maciza delgadez cilíndrica en ese minitubo muy ceñido de brillantes franjas horizontales negras y blancas, como sus medias, y el flequillo con mechas albinas y el pequeño bolso y el blusón de cuero a sus pies, en el suelo de paja de la caja de cristal, sobre un cubo de cemento, en medio de la ancha acera de la Ku'damm, casi a la puerta del hotel, y en línea con las otras cajas de cristal que exhiben los más variados artículos de lujo. ¿No parece viva? Y, en efecto, no se me escapó que en lo alto de las cuatro paredes de cristal de la urna decía en grandes letras negras VIVA, a dos minutos de allí, según indicaban las tres flechitas → → →, *2 Min. von hier*, en Schlüterstrasse 36. Los zócalos de cemento de estas cajas de la Ku'damm están llenas de pintadas y en el de la dama maniquí estaba escrito en spray blanco y supongo que en inglés, HIKE, como fielmente copió Mons, no sé si para indicar marcha o algún aumento de precios, y me pareció un camuflaje exagerado que la damisela estuviera sentada sobre pajas, con los precios nada rústicos que tendrán sus prendas franjeadas en esa tienda llamada *Viva*. ¡Viva la línea!, estuve a punto de exclamar. Las franjas vivaces del dibujo de Mons me hicieron recordar a una odalisca de Matisse en bombachas, pero peristáltica, cimbreándose y cebrándose en una sinuosa danza atractiva y repulsiva a la vez. ¿Tú crees?, y enarcó sus grandes cejas en M. Tendré que volverla a dibujar. *Eva Prima Pandora*, en su caja, le brindé el título. Pero primum vívere, no sólo de pandoras en su caja vive el artista, y me propuso que lo acompañara a comer con Uwe Doble. Seguramente pensaba que yo iba a ser su pararrayos... Uwe Doble creyó al principio que Mons bromeaba, sin perder la sonrisa ni el apetito, cuando se lo dijo, en el Paris-Bar. Hasta que se atragantó, a punto de reventar por todas las costuras. La barbilla embadurnada de salsa o baba bearnesa. ¿A ti te cabe en la cabeza, Emil? Pero Uwe Doble no estaba para oír a nadie y hablaba ya de Mons como si no lo tuviera delante. ¡Un arrebato y, zas, echa por la borda meses y más meses de trabajo! Casi por la borda —en un contenedor junto al canal Landwehr. ¡Qué de días y noches!, mensurables sólo con la desmesura de un trabajo obsesivo y encarnizado. En la pared del fondo, colgado casi sobre la cabeza de Uwe Doble, un vestigio —un pequeño boceto sanguinolento— de los trabajos y las noches de Mons: el famélico ogro goyesco de ojos desorbitados se mordía los pies, bien aferrado con las dos manos a sus piernas y doblado en dos. Cronos enroscado. Mons aguantaba sin pestañear las monsergas de Uwe Doble. ¿Y la exposición prevista? Para la que yo había empezado a escribir el catálogo... Pero Uwe Doble empezó a doblegarse cuando Mons le mencionó de pasada un nuevo proyecto, quizá, ya veremos, *Dama de la Ku'damm*, la misma y siempre distinta, desde distintos ángulos, caleidoscópica, la bella donna è móbile!, animaba yo. Y le describí entonces la dama primera que había visto en el hotel. Uwe Doble quería verla también, inmediatamente, pero Mons alegó que prefería enseñarle varias, días más tarde. Si es que va a haber varias..., dudó. Al despedirnos a la puerta del restaurante, me dijo que me animara a pasar por Filmbühne esa noche. Había quedado allí con Klaus y su grupo de la Escuela de Bellas Artes de Steinplatz. Uwe Doble y yo lo vimos alejarse, con sus zancadas nerviosas, su cabeza como un balón de boxeo sobre el abrigo negro, por Kantstrasse, hasta que torció a la derecha en Savignyplatz. Sin duda volvía al hotel, a estudiar a su dama de la urna, desde su observatorio. Belle dame... Que no le daba tregua. Y casi lo dejó de piedra al volverla a ver esa noche, cuando se dirigía a la cita en Steinplatz: en carne y hueso, haciendo la carrera allá en una esquina de la Ku'damm con Knesebeckstrasse. Y con el mismo traje y blusón a rayas blancas y negras. Bien moldeado su relumbrante culo blanquinegro en esa tela elástica mientras seguía hablando doblada con el conductor de un BMW negro. Ya estaba cerca, dijo Mons, cuando ella dio rápida la vuelta al coche y se introdujo al lado del conductor. Trato rápido, como el coche. Puta de lujo que compra o le regalan modelos de *Viva*. O puta barata con ropa cara. Más vistosa ésta, dijo, y más maciza que el modelo original. Cuando Mons contó, en Filmbühne, que acababa de ver en la Ku'damm a una puta con el mismo traje de relumbrón de la Pandora de la caja, estaba realmente excitado. Tengo que retratarla, dijo, del natural. De lo *Viva* a lo pintada... Creía haberse librado de sus monstruos irreales y no sospechábamos que esa misma noche volverían a las andadas. Y a pesar del accidente —¿o fue ataque por sorpresa?—, Uwe Doble tiene la esperanza de que Mons vuelva a rehacer sus monstruos. ¿O un solo monstruo en sus diversas metamorfosis? Después de la cura de reposo. Es su galerista berlinés pero le demuestra que está dispuesto a convertirse incluso en su enfermero. O en su perro guardián: Uwe Wach casi *Wach-*

hund. Tras la asistencia de urgencia y los exámenes en un hospital de Charlotenburg, había conseguido trasladar a Mons a este sanatorio privado al borde del lago Wannsee, en Am Grossen Wannsee, que más bien parece una villa de la Riviera. El doctor Koppel te pondrá nuevo, le aseguró optimista.

Muy pronto… Muy pronto…, creímos que decía en francés poco después de irse la enfermera que lo sobresaltó, y era en realidad demasiado pronto para que comprendiéramos que repetía, casi amordazado por las vendas: Treptow… Impacientándose, intentaba explicar que había vuelto a ver desde la terraza de la Kulturhaus de Treptow a la chica del pelo rojo, ¿o era Petra?, y luego por el parque nevado de Treptow, con el soldado de bronce ruso. ¿De bronce? Mons volvía a remontarse a la fiesta de Treptow, pero ya sin perder la calma, pese a lo que estaba reviviendo. O viendo. A través —se diría— de una pantalla de televisión oscura espolvoreada de nieve. Podía rever a ráfagas intermitentes, incluso si cerraba los ojos:

La alada silueta oscura que se alargaba por el cielo, hacia el halo helado de la luna, con un rugido creciente.

El resplandor (¿de tormenta? ¿de incendio?) en el horizonte, hacia el río Spree y tras los finos encajes negros de las copas de los árboles, aureoladas de oro y ocre.

Siluetas negras de jinetes al galope, entre las franjas negras de los troncos de los árboles, y de pronto en un fulgor el brillo de un casco con una cabeza de Medusa erizada de serpientes.

Un gran dragón rojo de alas frayangélicas, brazos humanos y cola serpentina en espiral, que vomitaba lenguas rojigualdas atravesando a sangre y fuego la noche.

El ángel apisonador de cuerpo de nubes ensortijadas que avanza zancudo con pétreas piernas-columnas que arrojan fuego como espingardas y retiemblan sobre la tierra a ritmo de martillo-pilón.

Multitudes abigarradas de figuras humanas con cabezas de animales, vertebrados e invertebrados, y toda suerte de bestias y bichos con cabezas de hombres y mujeres y engendros, masas semihumanas que pululan como hormigueros, se encrespan como olas, caen como aludes en abismos de tinieblas.

Racimos de homúnculos blanquecinos y amarillentos que se precipitan por un embudo de ascuas.

Demonios de cuerpos recubiertos de excreciones y excrecencias, minerales y vegetales, de crestas de excreta y de coral y de líquenes, que se encaballan en la barahúnda.

El sonriente ser de cabeza gatuna tocada con una tiara, sentado en un trono, que tiene grandes tetas, y por partes pudendas una cabecita barbada y boquiabierta, entre sus piernas de macho cabrío bien separadas, que acaban en patas y garras de gallo. (Al hojear un mamotreto de historias e imágenes prodigiosas, en una librería de Cecil Court, en Londres, a comienzos de los 70, Mons reconoció de inmediato, dijo, el extraño demonio que le había impresionado tanto, casi treinta años antes, desde un libro negro de la biblioteca de su abuelo, que cerró precipitadamente y no volvería a abrir, dijo, porque desapareció como por ensalmo. A lo mejor era prestado, dedujo, o su abuelo lo puso fuera del alcance de manos inocentes. En cualquier caso, el grabado se le quedó verdaderamente grabado.)

La montaña con cabeza de hombre maduro calvo, y con picudas cejas negras en M, que era su propia caricatura. ¿O tal vez Michel de Montaigne?

¿La montaña de Mons? Teufelsberg, la montaña del diablo, como la sombra picuda que proyecta una alta gárgola pensativa.

¿El vivo retrato de Mons? La cabeza calva y con barba rala, de tez cetrina y ojos enrojecidos muy abiertos a punto de salirse de las cuencas, que enseñaba unos colmillos de jabalí, al fulgor del fuego, desde el retrato que apretaba contra su vientre desnudo una diabla escuálida, que agitaba sus piernas —enfundadas en medias negras— saltando o danzando sobre las llamas.

Una cabezota con piernecillas que era la de Emmanuel Kant.

Un corro de enanos en el que reconoció a Toulouse-Lautrec y Georg Christoph Lichtenberg. Mehr Lichtenberg!, gritó un homúnculo antes de desaparecer en las tinieblas.

Un jorobado enclenque con capa española blandía su espada gritando Mudarse por mejorarse, y en un revoloteo de su capa se transformaba en un mosquetero enano y tullido de melena y perilla que anunciaba en francés: Yo soy Aquiles el pintor de los pies ligeros, yo soy casi Emperador, antes de volver a ser en otro giro el jorobado de la capa española que Mons creyó que se parecía al dramaturgo hispano-mexicano Ruiz de Alarcón. La verdad sospechosa es que Mons había vivido de niño en una calle de Madrid del mismo nombre, detrás de la plaza de Cibeles. Je suis Achille!, insistía el mosquetero. Le menteur…

Un enano de cabezota achatada a ras de cejas, acuclillado como un ídolo azteca, se contemplaba en un espejo doble abierto como un libro en el suelo. Narciso anencéfalo… (De niño Mons solía ver a escondidas los monstruos en algunos libros de medicina de su abuelo. También, en otros, mujeres desnudas, brujas y demonios.)

Un sapo papudo de piel pustulosa, recubierta de cráteres purulentos, que se parecía a Martín Lutero.

Un estornino gigante cabalgado por un liliputiense desnudo.

Un saltamontes con una máscara africana.

Un funámbulo con cabeza de jilguero.

Una carpa con cabeza de pato.

Un escarabajo con cara demacrada y ojerosa de hombre joven.

Peces con brazos humanos, mujeres y hombres con colas de pez que no podía distinguir, a la incierta luz de acuario, si estaban dentro o al otro lado de una caja de cristal.

Dentro de la caja asomó una extraña cabeza caballuna de dragón, de ojo fijo de ámbar, que abría una boca de fuego.

Tras la nube negra —se le erizaban los pelos— la gigantesca cabellera de pitones. Se ramifica nerviosa entre espumas, al retorcer y alzar sus descomunales tentáculos alrededor de su cabezota grisácea y húmeda —dos gotas gordas de tinta negra aún temblonas en los ojos— que salía de las profundidades de la niñez —de una lonja y de aquel libraco de maravillas del mar— para reavivar de nuevo el terror de un abrazo que acababa en un crujir de huesos que el rasgueo de la pluma sobre el papel volvía a reproducir con el lejano crujir del Kraken.

Un pulpo se arrastraba por el piso de baldosas hasta la escurrida mujer desnuda, de moño y pubis oscuros, arrinconada contra la pared, para rodearla con sus tentáculos, y la doblegaba y la tendía adornada con sus collares de ventosas y finalmente, entre jadeos, le hundía la cabezota viscosa en el bajo vientre. Y Mons recordaba aún la atracción y repulsión que le produjo aquella masa grisácea, inmensa flema que se distendía elástica por una mesa de la lonja extendiendo y retorciendo sus tentáculos, nudo viscoso, que de pronto tomaba una coloración pardusca.

El inmenso ojo líquido de la cíclope negra que lo atraía a sus profundidades.

Esas visiones sucedían y se sucedían cuando rumiaba *Monstruario* en sus paseos por el bosque de Grunewald —que él pronunciaba a la francesa: Grünewald— pero en realidad (¿realidad?) estaba en el parque de Treptow tendido sobre la nieve, al final de una noche demasiada agitada.

El rugido o fragor se fue alejando con el dragón que se ocultó tras una nube para volver a salir en forma de avión.

Al principio pensó, contaría Mons, que aún estaba soñando sobre la mesa de cocina, en su estudio, y que yo aún no había llegado a despertarlo.

Estaba ya anestesiado de frío, sin sentir el propio cuerpo, dijo Mons, y aunque tendido boca arriba podía verlo despegado como un pellejo oscuro o una sombra alargada e inmóvil sobre la nieve.

Así lo encontramos al fin, Klaus y yo, caído ante el túmulo funerario del Memorial soviético del parque de Treptow, al cabo de un buen rato de ir tras él, después de verlo salir como alma que lleva el diablo de la fiesta en la Kulturhaus, y seguirlo por Puschkinallee y perderlo de vista y volverlo a ver a lo lejos en el parque de Treptow. Menos mal que con el abrigo negro se destacaba como una silueta de tinta sobre el manto de nieve. Esa noche todos habíamos vuelto a beber demasiado y a fuerza de traspiés, entre Klaus y yo, logramos llegar con Mons al nuevo carricoche de Klaus —su Trabant antediluviano— para llevarlo al hotel. Mons dijo que había salido a despejarse a la terraza de la Kulturhaus y miraba la blancura espectral de la nieve al claro de luna cuando creyó ver a Petra, a Petruschka, o a su vivo retrato pelirrojo, allá abajo, que salía riendo del baile, colgada del brazo del gigantón en capote ruso, o de su sosias. Sin decirnos adiós, recuperó su abrigo en el guardarropa y —por suerte Klaus lo vio entonces— corrió a la noche negra y blanca a seguirlos, primero por Hoffmannstrasse, pero los perdió de vista, volvió hacia Puschkinallee y los distinguió lejos —la llamarada de la cabellera allá o rojo fuego fatuo guiándolo en la noche—, hacia el parque de Treptow, iba tras sus huellas en la nieve por la gran explanada blanca como un sudario bajo la que reposan de pie varios miles de soldados soviéticos, allá aún sus lejanas siluetas entre el desfiladero de los bloques de mármol rojizo que pretenden representar dos banderas inclinadas y parecen más bien, según Mons, dos gigantescas esfinges enfrentadas, y luego le pareció que el gigantón del capote subió solo por las escaleras que conducen a lo alto del túmulo funerario y entró en la gruta o mausoleo sobre el que se alza el gigantesco soldado ruso que sostiene a un niño en su brazo izquierdo y empuña un espadón en la derecha hacia una esvástica rota a sus pies. Mons dijo que recordó entonces que Petra le contó que el único recuerdo que tenía de su padre era el de un gigante en uniforme —el soldado ruso desconocido— que la levantaba muy alto muy alto en sus brazos. ¿La llevaría de niña su padre al parque de Treptow? La chica del pelo rojo y chaquetón negro —recordó Mons— seguía sola mirando hacia el soldado gigante o hacia la gruta por donde se metió su pareja. Y Mons juraría que el soldado de bronce en adoración ante la bandera de mármol, la de la derecha, se movió. Volvió a fijarse en ese soldado de bronce —o más bien de nieve entonces—, con la rodilla izquierda en tierra, que sostiene con la mano derecha una ametralladora erecta y en la izquierda un casco. Una buena pieza de estilo estalinista. Y Petra allí petrificada ante el túmulo (¿o no era ella?) y de pronto un estruendo tremendo en el cielo y ¿el vahído? Mientras el Trabant trepidaba hacia la Ku'damm sacudido por nuestras risas, Klaus y yo discutíamos si el soldado le pegó a Mons en el cráneo con su casco o con la culata de su ametralladora, y

Mons zanjó sensato al fin que lo que le pegó de verdad fue el vodka. Y decidió bajarse en la plaza George Grosz —yo siempre me bajo aquí, insistió— y andar unos cuantos metros, para tomar el aire polar, hacia el Hotel Askanischer Hof. Lo dejamos —y no debimos— caminando con pies de plomo por la acera de hielo, hacia el hotel. A unos metros del hotel, en la esquina de Wielandstrasse con la Ku'damm, fue a toparse de nuevo con la dama peripatética, la del brillante vestido blanquinegro, que caminaba no muy segura rozando las urnas. Mons recuerda que olía a alcohol, y su risa apagada Ah! ah! ah!, al abordarla. La risa también la recordaba el recepcionista de noche del Hotel Askanischer Hof desde que la oyó, con jadeos y ruido de zancadas en la escalera, y antes incluso de ver —con mirada desaprobadora— a Herr Mons entrar en la recepción llevando a la dama en brazos, que sofocaba su risa Ah! ah! ah! contra el cuello de Mons, embozados ambos en su larga bufanda negra. Era evidente —para el recepcionista— que llegaban alegres. Recuerda Mons que, sólo entrar en el cuarto, fue a caer con ella en la cama y entre prisas y forcejeos para desnudarse acabaron rodando con nuevas risas por el suelo. Su vestido, tan ceñido, era escurridizo, como ella, o se lo pareció, elástico y brillante, con sus franjas negras y blancas, como las medias de brillantes escamas, a la luz gris de la madrugada que entraba ya por el ventanal; ella se insinuaba sinuosa (¿o se resistía?) pero al fin logró irle arrancando una media, como una segunda piel, y luego la otra, de serpiente, se diría, dos pieles de serpientes por la alfombra que se retorcían y recobraron su forma flexible y ágil y compacta, Ah! ah! ah! un soplo anhelante resuelto en silbido, se erizaban hacia Mons, que veía además el cuerpo macizo y anillado de la gran serpiente blanca y negra que alzaba su cabeza agresiva con un balanceo vibrante y dardeaba con la lengua, clavándole los ojos, de cristal. Se deslizaba e izaba con su balanceo de autómata. Y Mons dijo que su terror fue insostenible, se vio como un Laoconte solo, dijo, atacado y atado por serpientes furiosas que irían a enroscarse en su cuello y brazos, paralizado de terror, y el soplo anhelante que se acercaba, con ese sordo arrastrarse de estrás, la cabeza en punta de saeta que va a dispararse, a punto de hundirle sus colmillos en el cuello, y al fin de un salto llegó a la ventana y sin dudarlo se lanzó a la Ku'damm de cabeza. Por fortuna la tienes dura, dijo Uwe Doble. Y tanto. No hay quien le meta en ella que tuvo que ser él el que rompió la urna de la Ku'-Damm y subió en brazos el maniquí hasta el hotel. El cuerpo del delito —o del delirio— era la prueba irrefutable: el maniquí apareció medio desvestido, tirado en el suelo de la habitación 12. Tenía el vestido tubo subido hasta el pecho pero lo curioso es que sus medias no aparecieron. Mons debió de tirarlas por la ventana, aunque no lo recuerda. Uwe Doble pagó todo puntualmente en esa boutique de Schlüterstrasse, incluso la muñeca de tamaño natural con su vestidito blanco y negro —que recuerda vagamente a los anillos de una cobra krait— porque Mons ha pedido que la lleven a su estudio para pintarla de nuevo. Cuando se recobre, y le quiten esas vendas —como acaba de decir— de Momia o de Hombre Invisible.

II
MONS VENERIS

Dama de la Ku'damm o mejor maja vestida aún con su faldita y cazadora blanquinegras, pero ya sin medias, la maniquí que dejamos desmadejada en la otomana sin un brazo u otomanca del estudio de Mons.

Lo acompañamos la mañana en que le dieron de alta, desde la clínica a su estudio, sobre todo para ver cómo reaccionaba. El caballero de la mano (vendada) en el pecho (vendado). Por fortuna, es zurdo. Los dos tenemos mano izquierda, recuerdo que me dijo hace un montón (un cuarto de siglo casi) en un pub de Londres, The Man in the Moon, al verme anotar unas señas; pero añadió rápido: aunque no lo parezca. De todos modos, él sería capaz de pintar incluso con los pies. O con la boca, mordiendo la pluma, como lo vi una noche en el café Strada retratar al pintor Adalbert Stock que, al otro lado de la mesa, veía entre boquiabierto y divertido surgir rasgo a rasgo su cabezón de minotauro barbudo en el mantel. Mons no parecía encontrarse demasiado a gusto en el estudio. Su ceño en una característica M malhumorada. Es verdad que aún le dolía todo el cuerpo. Y posiblemente la destrucción de sus monstruos. ¿No la reconocía? Labios de rubí y dientes de marfil… Para dar ambiente incluso le habíamos puesto la cassette de «Muñequita linda», la canción de las prótesis, la llamó Mons, que oía su madre muy bajito en tardes de jaqueca, entre tantos tangos a media luz, así dijo, tendida en un diván de la sala de su piso madrileño con un pañuelo empapado en colonia sobre la frente, mientras él dibujaba batallas estirado en el suelo junto al claro de sol que se filtraba bajo las contras cerradas del balcón. Pero también era capaz de dibujar a oscuras y con los ojos cerrados. Técnica que pone aún en práctica actualmente en esos dibujos a ciegas que llama interiores. Cuando a su madre le dolía la cabeza, contó Mons, siempre lo ponía a dibujar. El dibujo amansa a las fieras… A lo mejor debemos a las jaquecas de doña Carmen la vocación artística de Mons.

Su aire desconfiado. ¿Le dábamos una sorpresa? ¿No recordaba que nos pidió la muñeca de su descalabro? La miró como si no la reconociera, allí en la otomana roja donde han posado tantos modelos, y dijo que nos la llevásemos. Al cubículo de Klaus Holzmann, a la vuelta de la esquina. Y una noche de ronda —sin Mons— la paseamos de Bar en Bar Centrale, hasta las tantas, desde Kreuzberg hasta Savignyplatz. Hay una foto de Klaus sentado a una mesa del Rosalinde con la maniquí. Ambos parecen mirar con curiosidad a los que pasan por Knesebeckstrasse. Yo traté en vano de incitar a Mons a hacer un autorretrato con muñeca, réplica de su retrato del pintor Oskar Kokoschka. Había conocido a Kokoschka en Londres a comienzos de los 60 y un pequeño quid pro quo facilitó tal vez la primera cita, en un despacho de la Tate Gallery. Kokoschka había creído que el joven admirador se llamaba Moos y le preguntó si tenía familia en Stuttgart. Moos, musgo o —mejor— pasta contante y sonante, por obra de una letra cambiada… Mons estaba enterado de lo de la muñeca pero hasta entonces no había oído hablar de una fabricante de marionetas de Stuttgart llamada Moos. Le cautivaba de tal modo la truculenta historia de «la mujer silenciosa», la muñeca de tamaño natural que el pintor despechado encargó confeccionar en 1918 —a la señorita Hermine Moos— y que vendría a ser el cuerpo sin alma de Alma Mahler, su doble pluscuamperfecto y plus vrai que nature, tras la ruptura de ambos, que Mons la incorporó como amante horrible y casi mantis tendida o más bien descoyuntada en un diván junto a Kokoschka que está rígidamente sentado y la mira de perfil con la boca levemente entreabierta. El pelo oscuro de la muñeca parece medio teñido de hilos de sangre. El pobre doble de Alma, después de servir de modelo a Kokoschka, acabó de mala manera. Fue la animadora de una fiesta frenética que dio Kokoschka, en su casa de Dresde, y al alba la tiraron al jardín hecha un guiñapo. Kokoschka incluso le rompió una botella de morapio en la cabeza. ¡Pobre Almaniquí! El retrato de Mons sugería que quizás el pintor se arrepintió de su arrebato y después de la francachela había rescatado a su muñeca fatal. Esta interpretación no era del gusto de Mons. Que además no estaba dispuesto a seguir los pasos de su maestro Kokoschka. Dijo que el maniquí, fuera de su urna nocturna, perdió su encanto. La maja perdió su magia. Y prefería pintar de memoria a la damita aquella de la Ku'damm. A propósito de magias y majas, de majaderías, otra noche que pasábamos en la Ku'damm junto a la urna frente al Hotel Askanischer Hof (habían cambiado de maniquí y de modelito...), Klaus, metido siempre en mitologías, comentó que la palabra HIKE en spray blanco sobre el zócalo de cemento (aún seguía ahí) a lo mejor no era inglesa sino una fórmula del Antiguo Egipto que significaba poder mágico. ¡Caramba con la Nefertitiritera! Que se anduviera con cuidado, Klaus, que ya la había instalado en su cubil. Yo me fijé, en cambio, en que debajo de la ventana de la habitación que suele ocupar Mons en el Hotel Askanischer Hof hay el letrero de una tienda que dice en letras doradas Patrick Hellmann. ¿No había dicho Mons que el Nosferatu aquel de la casa de los monstruos de Prenzlauer Berg se llamaba Hellmann? No se lo comenté para que no diga que soy yo el que anda urdiendo nombres y palabrerías. Creo, por otro lado, que si Mons se cansó pronto de la Pandora de la Ku'damm no fue sólo por los malos recuerdos recientes que ha de traerle, sino por otros mucho más antiguos. Y mucho más dolorosos. No sólo de Petra, su Petruschka travestido de Tamara Karsavina, su muñeca rusa o medio rusa, su Peluca Loca, que desapareció cuando la necesitaba aún en Berlín para reponer a la muñeca por antonomasia y Eva primera, Eva Lalka, su polaca de Londres, perdida veinte años atrás. Yo los veía entonces algunas tardes en Daquise, el café-restaurante polaco de South Kensington. Ella, altísima y delgada, muy llamativa en su género, entre travesti y efebo epiceno, aunque con el culito y las teticas muy salientes, al lado del robusto calvo de cráneo reluciente y barbita mefistofélica. Empezaba a tener éxito como modelo, pero la Muñeca prefería presumir de intelectual y en Daquise posaba casi siempre en su mesa algún libro —en inglés y en francés— de su compatriota Witold Gombrowicz. Recuerdo que una tarde me preguntó si puse los pies en Patagonia, me mostró fotos de guanacos y de gauchos y me dijo cuánto le ilusionaría fotografiar los lugares de Buenos Aires en que Gombrowicz vivió exiliado durante casi un cuarto de siglo. Las calles Corrientes, Tucumán, Tacuari, Bacacay..., le sonaban tan exóticas. Y en cierto modo ella parecía un falso adolescente desgarbado de Gombrowicz. Incluso se parecía algo al propio Gombrowicz adolescente del recorte de una revista polaca que usaba de marcapáginas en su ajado ejemplar de *Ferdydurke*. Yo no sabía entonces que aspiraba a estar al otro lado del objetivo. Aunque veía con frecuencia su rostro y figura en carteles publicitarios en el metro y calles de Londres, nadie la retrató tan turbia y turbadora como Mons, sus ojos negros tan agrandados y profundos en la blancura neblinosa de su cara fina de pómulos pulidos.

Fue modelo y amante, pero no quiso perder su independencia. Aceptó quedarse a vivir en casa de Mons, en Queensberry Place, con la condición de conservar el cuarto de Camden Town que le servía de estudio de fotógrafa. A través de confidencias dispersas de Mons, desahogos al borde de una copa de la amargura en realidad, casi siempre en World's End, el pub final de nuestra ronda desde Fulham Road (Queen's Elm) hasta King's Road, fui reconstruyendo los sucesivos finales y reinicios de una pasión que para Mons resultaba cada vez más dolorosa. Ella salía con frecuencia por las noches, sin Mons, y a veces tardaba varios días en volver. Lo sorprendente es que aceptara contestar con toda crudeza o crueldad, con pelos y señales, o sin pelos en la lengua, a los interrogatorios policiaco-maniacos a que la sometía Mons, a veces durante horas. Horas de agonía interminable, dijo Mons, y de humillación. Aunque en el fondo —con dolor también se pinta— le resultaron productivos. Mons me enseñó una noche, en que Eva había vuelto a evadirse, una serie de dibujos al carboncillo y al pastel que me impresionaron por su perfección, perversidad y por la confianza que me demostraba una vez más. Recordé entonces que al principio casi de conocernos, cuando Mons tenía su estudio en Notting Hill Gate, vi una cara de mujer de una blancura de mascarilla mortuoria, con sombreadas pestañas, y labios sensuales entreabiertos en una sonrisa enigmática, que me hizo preguntarle quién era. Edmonde en su bañera de muerte, una hora y media después de cortarse las venas de las muñecas y de las corvas con una Gillette. Una respuesta de forense. Para parecer preciso. Lo mismo que trataría de serlo al hacer con pulso firme ese dibujo, inclinado sobre su mujer muerta. En el retrato no se ve la bañera. Sólo una blancura, bajo el pelo negro, que parece de almohada. Seguramente lo hizo mientras velaba a Edmonde en el dormitorio. Mons había pintado varias veces a Edmonde tendida desnuda y lánguida en una vieja bañera de un cuarto de baño de baldosas negras y blancas, envuelta en el vaho y aura del buen arte de Bonnard. Pero el retrato más intenso de Edmonde, o de la huella de su ausencia, es el titulado *La bañera roja*, que parece contener un rothko, con ese rojo sangre del suicidio. Fue en la granja que tenían cerca de París, en un lugar de la región de Vexin llamado Enfer, nada menos, y que Mons aún conserva porque dice que cuando pinta allí no puede hacer trampas, trabaja como un condenado que nada tiene ya que ganar o perder, asegura. Recuerdo la primera y sombría impresión invernal de la granja de Enfer: dos caserones grises con desconchaduras, separados por un patio de tierra cercado por un muro alto y un portón, a orillas de un bosque oscuro. En el chemin d'Avernes, en plural, para aumentar la atmósfera infernal. Estaba convencido de que Mons escogió ese sitio sobre todo por el nombre. Pero el infierno está o puede estar en cualquier parte. Mons ardía en él, en Londres, cuando me mostraba la serie de dibujos inspirados por Eva Lalka, su modelo y demonio. Su belleza de todos los diablos… No sé si llamarlos *El mayor monstruo* o *El pintor de su deshonra*, dijo Mons dramático al extender por la mesa esos dibujos en que Eva Lalka, siempre la misma Eva, en diferentes posturas, copulaba con distintos hombres, espiados siempre por el mismo mirón que los estaba pintando. Cada escena reproduciría la que había contado Eva en sus sucesivos interrogatorios.

Eva con medias negras, sentada en la cabecera de una cama de hierro deshecha, empuña con la mano izquierda la verga tiesa y de gran envergadura del hombre delgado desnudo boca arriba tendido a su lado, vigilados por el calvo reflejado borrosamente en la luna del armario, que los está dibujando entre unos cortinajes.

Eva tan blanca a cuatro patas se empala sobre el negro fornido tumbado en el suelo que la agarra por las nalgas mientras desde la puerta entreabierta un hombre calvo los está dibujando cuaderno en mano.

Eva levantada en vilo por dos idénticos negros atléticos en cueros: el de la izquierda la sostiene por los muslos y la penetra mientras el de la derecha la enlaza por el sobaco derecho y con su izquierda se dispone a encularla con un falo o palo de ébano magnificado al carboncillo como tremenda cachiporra en el cuaderno en que está dibujando, rodilla en tierra, el calvo semioculto tras unos cactos.

Eva doblada en dos medio tragando el miembro del gañán membrudo de pie que le sujeta la cabeza con las dos manos mientras otro hombre, más joven y delgado, la encula con un falo de Príapo que lleva atado al escroto, a unos pasos del calvo hundido en un sillón de orejas que copia fielmente la acción y felacción en un cuaderno que sostiene sobre las rodillas.

El flaco del turbante índigo, de cara y torso tostados, con la bragueta del vaquero abierta por la que asoma una pinga-aguijón escarlata, muy fina y afilada, que Eva se clava con la mano izquierda entre sus senos tan blancos, menudos y respingones, arrodillada en bragas negras, mientras lo

45

enlaza con la derecha por la cintura, espiados desde el sillón de orejas por el calvo del que apenas se ve un segmento del cráneo y de la barba. El mirón puede ser de nuevo Mons, o se le parece, pero quizá él se identificó con un mirón anónimo, oculto en un sillón, al que Eva nunca llegó a ver por completo la cara, cuando hacía ejercicios de yoga o de *Kamasutra* con un paquistaní que trabajaba en una casa de juego de Bayswater. Eva sospechaba que el mirón era el dueño de la casa de juegos, de origen alemán, aunque desapareció antes de que ella pudiera incorporarse. También le contó que cuando había empezado a trabajar de modelo conoció a un fotógrafo de Chelsea que siempre le pedía fotografiarla oculto haciendo ella el amor en el estudio sin que su partenaire se diese cuenta. No me creerías capaz…, y se echó a reír cuando Mons le dijo con quién lo hiciste.

Eva tendida en el suelo, con las piernas en M, ofrece las valvas abiertas de su concha al hombre del cráneo tatuado con espirales que se inclina sobre su vientre con un punzón en la mano izquierda que roza el pubis… El óleo está inacabado y Mons señalaría que Eva interrumpió bruscamente la sesión porque creyó que él pretendía tatuarla. Ella iba a cenar con unos amigos poco después y se apresuró a largarse sin esperar sus explicaciones. Mons se interesaba entonces especialmente en el arte del tatuaje y le mostró a Eva un libro de fotografías de maoríes tatuados de la cabeza a los pies. A ella no le gustaron esos pictogramas vivientes. Tardó casi una semana en volver, dijo Mons, que la estuvo buscando en vano por los lugares de Chelsea, Notting Hill y Finchley Road que ella solía frecuentar.

La relación entre Mons y Eva pareció entrar en otra fase más serena algo después y ella, cansada por lo visto de su ajetreada vida de modelo noctívaga, dedicaba cada vez más tiempo a su afición de fotógrafa, encerrada en su cuarto de

Camden Town. Mons volvía a echarla de menos muchas noches pero aceptaba que la pasión creativa fuese su rival. Incluso la fomentaba. Mostró el trabajo de Eva a algunos galeristas: fotos de sillas y bultos extraños atados con cordeles. La fotógrafa dominguera, la llamaba, porque solía aislarse en su cuarto sin teléfono de Camden Town los fines de semana. Aquel martes de Carnaval, en vista de que no se decidía a volver, fue él a Camden Lock, a encontrarse, tras descerrajar la puerta, y pasar a través de una complicada trama de cuerdas que atravesaban la habitación en todas las direcciones como una tela de araña caótica, a Eva Lalka en brazos de un musculoso negro, que Mons ya había retratado de oídas, muertos ambos de una sobredosis de heroína. En la habitación era difícil dar un paso, a causa de las cuerdas, y los amantes parecían prendidos entre las mallas sobre una colchoneta tirada en el suelo. Al lado de Eva, también en el suelo, un libro titulado *Pornografía*. La menos pornográfica de las novelas, le dije a Mons. *Pornografía* se titula precisamente esa serie de dibujos de Mons en la que el libro de Gombrowicz aparece sobre la cama, en una mesilla de noche, abierto contra el suelo…, en diversas escenas francamente pornográficas que tienen a Eva y al musculoso modelo negro por únicos actores. En algunas ella se está fotografiando con su amante en complicadas poses. En otras, al contrario, parece una maniquí de escaparate, inexpresiva en los brazos del negro, o quizás inanimada.

Recordé también ese cuadro de la contorsionista, en un vestido de malla blanco, tan ajustado que parece desnuda, colocada en tensa postura de mesa, con la cabeza hacia atrás, la cabellera rozando el suelo y un caniche en dos patas sobre su pubis, contemplada a través de un aro de fuego por un payaso mirón. Mons lo tituló simplemente *Price*, y yo le propuse, porque capté la alusión, *Ara Maxima*.

Su hermanastra Ara solía llevarlos a él y al otro hermano al circo *Price* de Madrid. Hay una foto de Mons a los diez años cogido de la mano de Ara, una adolescente rubia y espigada, junto a un caniche. Que se llamaba Price, me dijo Mons. En ese cuadro con nombre de circo y de caniche brillan como gotas de sangre las uñas rojas de las manos y de los pies, bien plantados en el suelo, de la contorsionista. Ara solía pintarse también las uñas de los pies, recordó Mons, y de niño él admiraba el meticuloso pincelear de la hermanastra encorvada en las posturas más difíciles.

Ara era amiga y confidente de Edmonde. A comienzos de los 60 ambas bailaban en una compañía belga de danza ultravanguardista. Mons las retrató en *XX. Las amigas bailarinas*: Ara la rubia en un hendido vestido blanco abre brazos y piernas en equis junto a la morena Edmonde en idéntico vestido —pero negro— y pose, como una sombra chinesca. Ara estaba con ellos en Enfer cuando Edmonde se suicidó. Desde entonces, aseguró Mons, no ha vuelto a ver a su hermanastra. Pero no me explicó por qué. Y no me atreví a hurgar más.

Otro cuadro con un fantasma del pasado de Mons: la mujer madura pero juncal, de cara y cuerpo pintados de blanco y rojo con ornamentos geométricos (dos M o picos de montaña superpuestas sobre la sien izquierda) que sostiene en bandeja sus senos-conos con las palmas de las manos abiertas mientras se admira en el muro-espejo de enfrente donde aparece multiplicada con múltiples máscaras: la Luba de círculos concéntricos alrededor de los grandes ojos que se parece a la cabeza de Mademoiselle Pogany de Brancusi, la oscura afilada de larga nariz en flecha, la lisa y lacada de geisha sonriente, la ceñuda de belfos rojos y grandes colmillos blancos… *La mujer de las mil máscaras*, se titula el cuadro, y es el único nombre que da Mons a la que fue su segunda mujer, apenas unos meses, en Londres, a comienzos de los 60, no mucho después de la muerte de Edmonde. Sé que los picos de montañas en la sien corresponden a las iniciales de su nombre. Y de su casa de modas. Pero Mons se negó a hablar más de ella. No está muerta, dijo, está olvidada. ¿Olvidada? Habría que descifrar el significado de cada máscara...

Pornografía hubiera podido titularse también, quizá con más propiedad etimológica, esa serie que él prefiere llamar *Mujeres de la vida*, una en cada puerto, que ha ido dibujando y pintando del natural a lo largo de los años en sus numerosos viajes. En esas rachas suyas de culo de mal asiento, de manera compulsiva, o fases lunáticas, en momentos de crisis y hasta de pánico. Salir corriendo, casi, su reacción instintiva, sin saber bien a dónde. Le gusta jugar a lo que él llama «la ruleta del destino» y «la ruleta del aeropuerto». Cuando le da la vena de viajar, a donde menos lo piensa. Llega ligero de equipaje al aeropuerto más cercano, mira un tablero de partidas, una dos y tres, el primer nombre que salta es el de su próximo destino. Así me llegaron tantas notas y dibujos en hojas con membretes de hoteles de los sitios más dispares: «Lo que veo por la ventana, hacia Penha Hill», me escribió hace mucho desde Macao, al pie de un dibujo a pluma de tejados y azoteas escalonadas, con ropa tendida y letreros con signos chinos. Al fijarme mejor distinguí una figurita de mujer desnuda como un signo chino que desde una azotea lejana levantaba los brazos hacia una cuerda con prendas íntimas. En otro dibujo enviado algo después desde Buenos Aires repetía el juego del desnudo en la azotea lejana: «Lo que se ve en esta mañanita de diciembre desde las alturas de la calle Corrientes.» Mons el mirón... Y desde la isla Panarea, en Sicilia, me envió hace sólo unos meses, en una carta con el membrete de un Hotel Raya, sólo una raya de tinta azul que representaba perfectamente el horizonte marino que divisaría desde la terraza de su cuarto. En realidad un cuarto de hotel de una ciudad cualquiera, por unos días, es su mejor estudio, más adecuado a su personalidad inquieta que el permanente de Berlín o de Enfer.

Sé que también le envía notas y croquis de viaje, algunos bastante atrevidos, a una confidente y vieja amiga, la amiga silenciosa, la llama, una marquesa italiana que cría caballos cerca de Enfer.

Otra recipendaria de sus notas y bocetos de viaje, una coleccionista suiza tan amiga como él de la vida nómada y de los hoteles.

En ocasiones la pasión de Mons por las prostitutas, sus Musas, se combina con la de los museos. Por eso le propuse alargar el título de su serie: Mujeres de la vida y del arte. El arte, me dijo, forma parte de la vida.

La indonesia cansina que bosteza, en sujetador y bragas negros, llevándose las manos a la espalda dentro de su pequeño escaparate rojizo, aparece contemplada desde la calle, entre siluetas de curiosos, por una extraña y resplandeciente muchachita rubia algo cabezona que se acaba de escapar de *La ronda de noche* de Rembrandt. Es una de sus damas de Amsterdam.

La pelirroja vestida sólo con su melena —sobre el seno derecho— y unas medias rojas, sentada muy abierta de piernas en un taburete de tres pies, está abriendo con curiosidad o con cuidado un envoltorio blanco, quizás un pañuelo, junto a una mesa en la que brilla una jarra de porcelana blanca con iris. El cuadro se titula sólo *Rachel* y el modelo real fue una prostituta de Nueva York que Mons encontró poco después de admirar en el Metropolitan Museum esas flores de Van Gogh. También la retrató en un impermeable rojo y con la cara maquillada de geisha en el cuadro titulado *Dama de la Sexta Avenida*.

El fantasma de Battery Park se titula otro extraño óleo en que se ve de noche a lo lejos una fantasmal estatua de la Libertad iluminada y en primer plano a una pareja que copula contra un parapeto, al borde del mar. La mujer tiene subida la gabardina y rodea con sus piernas la cintura del hombre, en traje oscuro y con sombrero. Ella tiene unas cuencas negras por ojos y los labios muy pintados. El hombre la está besando o mordiendo en el cuello. Un poco más allá, a la derecha, se ve parcialmente a un pescador junto a su caña que parece ignorar la escena.

Es verdad que ella se parece a Eva Lalka. Mons me hablaría no hace mucho en Berlín de un extraño encuentro, hará dos o tres años, en Nueva York. Una agradable noche o más bien medianoche de abril contemplaba la bahía y los ferrys iluminados desde Battery Park, charlando a veces con los pescadores nocturnos, cuando se le apareció el fantasma de Eva. La vio primero acercarse a un pescador japonés, algo más lejos, que negó varias veces con la cabeza. ¿Rechazaba sus servicios? Al acercarse silenciosa a Mons, éste creyó ser presa de una alucinación. Había dejado de improviso una fiesta demasiado ruidosa de inauguración de un estudio entre Church Street y Broadway, y salió a pasear para despejarse; pero por lo visto no lo suficiente. El aire fresco del mar no deshizo la visión. Ella no llevaba nada bajo la gabardina, aseguró Mons. El cuadro refleja tal vez lo que Mons hizo alucinado o creyó hacer. Las piernas de la mujer casi tan blancas como su gabardina subida.

La atracción de Mons por las peripatéticas y las escenas de burdel viene tanto de su vida nómada como de su identificación algo romántica con ciertos artistas, como Toulouse-Lautrec o Degas, que pertenecen a la misma hermandad burdelaria o «brothelhood», podría decirse, que transformaron a las mujeres de la vida en arte.

Hay un gran cuadro de Mons dividido en múltiples cuadros, como un damero irregular con algunos escaques negros, que se titula ambiguamente *Las aventuras de una joven modelo*, que es ante todo intrigante y me arriesgaría a suponer que para el pintor fue una suerte de catarsis. En los distintos cuadros del cuadro aparece la misma mujer morena, de melena rizosa y caracol en la frente, casi como un signo de interrogación, su cara más bien triangular con un gracioso hoyuelo en la barbilla. Se la ve posando desnuda de pie sobre una plataforma circular cubierta por un tapiz, las chancletas junto a sus pies, rodeada de estatuas de arcilla que la representan más o menos fielmente. El 1 de abril de 1976 en París (recuerdo la fecha porque en un taxi oímos juntos la noticia de la muerte de Max Ernst), al pasar por la rue du Dragon, Mons me dijo que su madre había trabajado de modelo en la Academia Julian, a comienzos de los 30, antes de ser maniquí. Mons me contó que ella se había escapado de casa jovencísima con un actor que la abandonó poco después en París. El galán era un sosias de Rodolfo Valentino y ella no tardaría en cultivar un parecido con Pola Negri. Llevó una vida verdaderamente aventurera en París (ciertamente escandalosa para una chica de buena familia madrileña) antes de volver al redil con un hijo y casarse con el hombre de negocios belga que hubiera podido ser su padre, y no sólo el padre adoptivo de ese hijo de genitor desconocido. Aunque sólo he visto los retratos que le hizo Mons recientemente en Baden-Baden, de dama bastante seca y adusta, titulados escuetamente *La viuda I, II*, etc., sospecho que es ella la joven modelo del cuadro múltiple, quizás como se la representó Mons en sus fantasías e hipótesis más o menos turbadoras. También aparece desnuda en otra casa del cuadro llevándose las manos a la nuca, semi-sentada (sólo con la nalga izquierda, y su rodilla derecha a ras del suelo) en una silla cubierta con una toalla blanca, mientras la dibuja en un bloc una mano anónima que sostiene el lápiz. Y parece un maniquí dibujado por Erté, en líneas y decorados déco, con diferentes vestidos de los años 30. El más vistoso, calado en la espalda con una hilera de grandes rombos que forman casi un brancusi, y luce un collar de cuentas romboidales de azabache haciendo juego. Más insólita resulta su presencia en un fresco de un salón oval: la morena desnuda del rizo en la frente se lleva la mano derecha al seno izquierdo y alza la pierna derecha danzando en un jardín con otras mujeres, desnudas y con velos vaporosos, unidas por guirnaldas de flores. Le pregunté a Mons si estaba inspirado en *La danse* de Matisse y me contestó que en «la joie de vivre» nada más. Y sonríe recostada en una tumbona junto a la barandilla de un transatlántico y un salvavidas que dice S.S. PROVENCE. LE HAVRE. La barandilla del barco y el mar azulón se ve que son simulacros de decorado en una habitación que pretende parecer un camarote. También aparece tendida desnuda boca abajo sobre una piel de león de fauces abiertas en una habitación decorada con máscaras, lanzas, escudos y tambores africanos. Y seguramente es también ella la que en el antepenúltimo cuadro del cuadro aparece de espaldas sentada en un bidé reflejada en la luna de un armario ante la que se está anudando la corbata el hombre de espaldas con los tirantes caídos. En el penúltimo escaque la joven morena, su caracol en la frente, aparece con cuerpo y alas de esfinge sobre un capitel. El último escaque es negro, y de cerca se puede distinguir un rizo o acaso interrogación negra.

El cuadro dentro del cuadro, y la pulsión voyeurística, aparece también en la escena de la pareja que copula de pie (ella de puntillas con las piernas dobladas y separadas en la postura de ballet llamada *plié de pointe*) espiada al otro lado de un espejo sin azogue —enmarcado como un cuadro— por el mirón con el perfil del escritor Louis-Ferdinand Céline. El cuadro se titula *Des touches au 31, Cité d'Antin*. El título alude tanto al ligue como a las pinceladas del pintor. Fui yo el que le conté a Mons que en una casa de tratos situada en esas señas de París, entre la rue de Provence y la de La Fayette, asistía Céline a comienzos de los 30, al otro lado de la noche y de un espejo con truco, a los acoplamientos de su amiga Elisabeth Graig.

En los burdeles de Mons juega también por encima de todo la mirada, la pasión pasiva del mero mirón. Ese impulso lleva sin duda a Mons a recorrer incansablemente de noche los barrios de prostitución de tantas ciudades, de preferencia las portuarias como Amsterdam o Hamburgo.

Una ruleta y un revólver aparecen en un trozo de cartel cinematográfico en la pared leprosa contra la que se apoya una mujer demacrada en minifalda en el cuadro titulado *Rue Saint-Denis*. Y los espectadores le seguimos el juego, con la mirada, sin estar seguros de comprender.

Recuerdo que en una lunática noche de verano en Londres, a principios de los 70, en un party de artistas —casi de circo— en Islington, Mons se empeñó en que le berreara entre saltos y ronquidos de energúmenos alrededor la historia de Acteón, el cazador que sorprendió por accidente a la diosa Diana en su baño y fue metamorfoseado en ciervo que destrozaron sus propios perros. El mito del mirón Acteón inspiraría un autorretrato irónico de Mons vestido de montero y sentado bajo el trofeo de una gran cornamenta ramosa en la pared mientras hace visera con las manos sobre los ojos mirando, a través de dos puertas simétricas abiertas, hacia la rubia desnuda que se lava de pie en una tina en medio del verdor del fondo del cuadro. La escena se sitúa cerca del bosque de Richmond, en el semisótano con jardín en que vivía una modelo de Mons llamada realmente Diana. Ella aparece además, me explicó también Mons, acuclillada desnuda en la posición de una de las «demoiselles d'Avignon» (un crítico de *The Times* dijo que estaba defecando) hacia una vista del Támesis con Tower Bridge al fondo.

También podría relacionarse, me parece, con el tema de los burdeles la naturaleza muerta de Mons con dos libros amarillos *La joie de vivre* y *La Fille Elisa*, y una moneda antigua de 5 francos al borde de la mesa. Mons primero lo tituló —o sintetizó— *La Fille de Joie*. Tachó el título en el reverso de la tela poco después de acabar esa naturaleza muerta en Berlín, hará un par de años, y escribió debajo: *La limosna de Van Gogh*. No estoy seguro de que el segundo título fuera preferible. El pintor Stock le había contado poco antes en el café Strada de Berlín, la parábola del buen Van Gogh que le dio a una peripatética de París, cerca de la estación de Saint-Lazare, como pago de una sonrisa tentadora, los 5 francos míseros que le acababan de pagar por un cuadro, su único peculio, y siguió de largo solo con el estómago vacío pero con el corazón lleno de bondad. Por su parte, Mons no estaba muy seguro de la bondad de su cuadro y lo destruyó pocas noches después con otras «naturalezas bien muertas», como él dice.

Hay cuadros eróticos y escenas de burdel de Mons que incluyen también un libro con el título bien visible. Pienso especialmente en los cuadros de la blanquísima mujer desnuda de la capucha y las medias negras, en poses lascivas, cerca de una mesita de noche (iluminada por una lámpara en forma de seta fálica) sobre la que destaca un libro de tela roja desvaída con el título en letras doradas: THE SACRED

FOVNT. ¿Esa novela de Henry James tenía alguna función simbólica u oculta?, le pregunté. Estaba allí, dijo. ¿Y la U como uve del título o delta de Venus? Estaba allí, cortó. Varios años antes de que acabara contándome o completándome la historia de su primer retrato bien pagado. Fue cuando tenía veintipocos años y llevaba en Londres una vida difícil pero despreocupada con los otros cómplices del grupo que pasaría a llamarse Artychoke. Vivía entonces con Mel, la camarera de su amor y estudiante de la escuela de Bellas Artes de St. Martin, y a veces iba con ella y con el pintor holandés Albert Alter a hacer retratos a los turistas en Trafalgar Square y detrás de la Galería Nacional de Retratos. Cazar cabezas, lo llamaban. Una tarde húmeda y sofocante de principios de julio, que le haría sudar churretes de carboncillo, tuvo la suerte de retratar a tres o cuatro turistas casi seguidos en las escalinatas de Saint Martin in the Fields. Se disponía a cerrar sus bártulos, cuando se le acercó el tipo realmente extraño, de aspecto enfermizo, que no le había quitado ojo mientras dibujaba. Le llamó sobre todo la atención porque, pese al calor, llevaba un abrigo largo oscuro con cuello de piel, guantes blancos y sombrero de fieltro oscuro. Le recordó, dijo, a algún retrato de Diaghilev. Sólo que el desconocido tenía un rostro brutal, de tez verdosa, y barbita. Y estaba calvo, vería luego, cuando se sentaron en el pub de la esquina, Lord Chandos, a discutir la propuesta del retrato. Mons comprendió al principio que se trataba de un retrato de mujer, quizá de la esposa o amante del desconocido, porque ella los estaba esperando en la habitación del cercano Charing Cross Hotel en que se alojaban. El desconocido tenía acento alemán o austriaco (Mons recordaría que le dijo que regresaban a Viena al día siguiente) y pagaría a toca teja en dólares, si quedaba contento del retrato, la cantidad suficiente para que Mons pudiera vivir ese año añorado en Nueva York. Mons le había hablado un instante antes, en el pub, de sus ambiciones artísticas. Pobre incauto, dijo Mons, creía entonces que mi futuro de pintor estaba en Nueva York. Mejor hubiera hecho en quedarme en Londres. En Nueva York sólo aprendí artimañas, truquitos para trepar por la cucaña sebosa y mil modos de parecer nuevo, en vez de ser yo. Cuando el desconocido mencionó la cifra (nunca pidas menos por un retrato, le dijo), Mons creyó que era un loco o le estaba tomando el pelo. También pensó en una estratagema del viejo Mons. Podía ser alguien enviado por su padre adoptivo para ayudarlo económicamente. Desechó la ocurrencia porque a Monsieur Mons le gustaba pregonar sus caridades. O podía ser alguien enviado por ese progenitor anónimo que él siempre se esfuerza en imaginar. Al entrar con el mecenas desconocido en aquella habitación del segundo piso del Charing Cross Hotel, creyó que no había nadie. Estaban corridos los pesados cortinajes rojos de las ventanas (vería luego que daban a Strand) y sólo había el tajo de luz de la puerta apenas entreabierta del cuarto de baño. Que se abrió del todo para dar paso a una visión esplendorosa: la mujer desnuda, alta y más bien delgada, de una blancura extrema, que contrastaba con la negrura de la capucha y de las medias. Mons seguía boquiabierto. La mujer pasó silenciosa a su lado y se dirigió hacia la cama, al otro extremo de la habitación, y fue a encender la lámpara cubierta con un paño de la mesilla de noche. Se quedó quieta de pie, a la velada luz rojiza, como esperando órdenes. A Mons, reconoció, se le pasaron por la cabeza un montón de hipótesis. ¿Qué esperaban realmente de él? El viejo verde sin duda quería que le hiciera un dibujo lo más sicalíptico posible (¿a lo Rops?) de la mujer encapuchada. ¿Alguna furcia de Soho que impersonaba sus fantasmas? Se equivocaba de cabo a rabo. Era el viejo verde el que quería ser retratado por Mons. Lo más extraño vino luego y a Mons le costó comprenderlo. El viejo no quería ser retratado en papel, tela o tabla duradera, sino en la blanquísima y suave piel del vientre de su mujer. En la mesilla de noche había unos tarros de tinta o tintura con pinceles, al lado de un libro rojo, *The Sacred Fount*. El olor es lo que mejor recuerda Mons pero es indescriptible. El olor de la mujer, dijo Mons, era ese intenso *odore di femmina* bien mojada revuelto con otros a lodo y a leve putrefacción dulzona y quizás a humo y a sangre también y a otros más tenues que no sabría identificar. El viejo verde, en un sillón junto a la cama, lo miraba con sus ojos saltones, esperando que se pusiera manos a la obra. Las manos le temblaban al principio, reconoció Mons, pero hasta entonces nunca había pintado empalmado. Qué diría Durero... A cada pincelada tenía la sensación de que acariciaba el vientre y pubis de la mujer. Los pelos del pincel entre el sedoso vello casi albino. De rodillas un momento e inclinado sobre su vientre, pinceleando, y al alzar la cabeza logró distinguir bajo la capucha la delicada barbilla hendida. La afición de Mons a los hoyuelos... ¿Y sería de verdugo la capucha de la mujer? El viejo verde se vio complacido en el vientre de la mujer, con su frente despejada, los ojos grandes y enrojecidos, la barba rala y en punta, los colmillos algo salientes, entreabierta de satisfacción la boca. Se diría que las narices en el retrato se dilataron o acaso fue una leve contracción del vientre desnudo...

Mons salió de la habitación como alma que lleva el diablo, completamente desconcertado, pero llevándose en un abultado sobre en su bolsillo un fajo de dólares, que no eran falsos, comprobaría al día siguiente allí cerca, en el Royal Bank of Canada, en Trafalgar Square. ¿Cuántos dólares?, le pregunté. Nunca creas, me dijo, la cifra de un pintor. Prefirió seguir hablando de la mujer de la capucha. De una blancura inaudita. Más difícil de pintar que el viejo de tez cetrina. Pensaba incorporarla en su cuadro de cuadros *Mons Veneris*. La idea se la dio una montaña de basura y detritus reflejada al revés en una charca oscura, un anochecer que pasaba en tren cerca de París. En esa montaña invertida quiere integrar las escenas eróticas, amantes, modelos y fetiches de su vida y de su arte. Desde la media negra de sus primeras masturbaciones en Madrid hasta sus elucubraciones sobre la encapuchada de Londres. En Enfer le esperaba una tela apropiada que no cabía en su estudio de Berlín. Cuando empecé a preguntarle sobre la media de la masturbación, dijo que prefería no contar las cosas a medias. De haut en bas… Ya lo verás en *Mons Veneris*.

III
CÉZANNE ACABA EN ANNE

Angelus Novus. Ahora que dicen que la Historia ha muerto, me acompaña su musa. ¿La única que no me ha abandonado? Y finalmente se para. Musa con tranquilidad: *Muse mit Musse*, musito. Meto el Clio entre estos manzanos y mientras los riego, uf, miro ufano Tübingen a lo lejos. Por estos campos sacarían de paseo al santo poeta Scardanelli. Orate... Es la hora del ángelus y me zampo en el coche los restos de un bocadillo correoso. El manzano de enfrente está cargado de frutos negros. Y de pronto, al abrir la lata de cerveza, salió volando la bandada de mirlos. También sale ahora tímidamente el sol y las ramas desnudas del manzano proyectan sobre la tierra una extraña sombra alada.

Anunciación. (25.3.93.) Hoy es el día. Cita en Tübingen con Anne y Cézanne. Las grandes letras negras de la bandera a la entrada de la Kunsthalle que reza CÉZANNE se ondulan zarandeadas por las ráfagas y juraría que a veces ganan una H para anunciar a todo trapo CHEZ ANNE. En su estudio de Berlín Anne tenía un póster de Cézanne que representaba un gran pino frondoso. Un guiño a su patronímico arbóreo.

63

Fin feliz. No la veo desde que se fue de Berlín, hace un año y diez días. Idus de marzo. ¿Nos encontraremos cambiados? En la carta urgente en que le pedí —anteayer— que se reuniera conmigo en Tübingen, con el pretexto de visitar aquí la gran exposición de Cézanne, concluía terminante: CÉZANNE ACABA EN ANNE. No le di tiempo a contestarme: ¿la que calla, otorga?

La clínica de Cézanne. Vine directamente a la Kunsthalle, tras el piscolabis a las afueras de Tübingen. Tenía la corazonada de que Anne también vendría derecha a encezannarse. A sanarse en Cézanne, tras más de un año apartada del arte. (¿Fuera del arte no hay salvación?) Dejé, de todos modos, recado telefónico en el Hotel Krone. Por favor, dígale que la estoy esperando en la clínica de Cézanne. ¿En la clínica odontológica?, preguntó la recepcionista, cayendo en la trampa. En nuestro viejo juego, porque Anne trabajó en Berlín en una clínica dental que acabamos transformando en la de Cézanne. Diente por Cézanne o por *Zahn.* De las prótesis dentales Anne pasaba a hacer por las noches extrañas mandíbulas de yeso y púas en nuestra Escuela de Bellas Artes de Steinplatz. La señorita Pino y el Hombre de madera entablaron amistad enseguida. Algo más en común: madre francesa. Nuestros estudios estaban contiguos y pasaba con frecuencia al mío —la celda de Klaus— a beber algo y a discutir. Solía hablarme más de sus problemas familiares que de los artísticos.

Vidas de artistas. También coincidíamos muchas noches en el café frente a la Escuela, Filmbühne. Y descubrimos con otros artistas los nuevos tugurios que se abrían de la noche a la madrugada en casas ruinosas de Berlín Mitte. Juntos bajamos, no fue fácil el ascenso, a las entrañas desgarradas del Caipirinha. Y nos tomamos las últimas copas y el copete en la antigua peluquería Friseur. Anne pretendió aquella noche que Mons cultivaba una calvicie a lo Pollock y yo un flequillo de De Kooning. Yo a ella le encontré un parecido con una Magdalena del Perugino. Lo cierto es que tenía su corte de cara y el mismo labio —el inferior— reventón. Pero no siempre lográbamos tentarla a seguirnos en nuestras rondas de noche. La teoría práctica de Anne era entonces que había que optar entre vivir la vida o el arte. La elección no es siempre posible. De improviso, así es la vida, tuvo que regresar a la Selva Negra a ocuparse del hotel familiar. Su padre acababa de sufrir una hemiplejía. ¿Qué habría hecho yo en su caso? Recuerdo la expresión de incredulidad de mi padre, agarrado con las dos manos al mostrador, cuando le comuniqué mi pretensión de ser «artista». ¿Sabía yo cómo vivían los artistas? Su precisión de farmacéutico suizo: Viven mal y mueren peor. Fíjate, si no, en Van Gogh.

Cézanne trae cola. Descorazonado al no verla aún y ver que la cola daba vuelta a la calle del Museo. Philosophenweg. Con filosofía, resignado a hacer fila con este filoso frío casi invernal. Y después de tantas horas de carretera. Helarte por helarte... —que se ve que es lo mío. Y cada vez más peregrinos. Autobuses, grupos de escolares y de pensionistas. San Cézanne en olor de cantidad. Subí hasta la entrada y volví a bajar aún más despacio fijándome en todas las caras. Allí no estaba. De pronto estuve seguro de que me esperaba dentro. Subí a zancadas los escalones de cemento y con cara de cemento armado me deslicé impertérrito entre los disciplinados que estaban ya a las puertas del paraíso.

¿Regalo de cumpleaños? Negro y violeta, sobre la blanca porcelana de la cisterna. Este cuaderno chino (MADE IN CHONGQIN CHINA) de tapas de cartón salpicadas de manchas de tinta encontrado hace escasamente una hora en el WC de la Kunsthalle. Hojas rayadas —vírgenes aún.

Regalo anticipado. Hasta mañana no es. La edad de la Pasión. Ecce Pictor, como dice Mons. ¡Cuánto oro malgastado! A mi edad, a Van Gogh sólo le quedaban cuatro años para acabar su obra. Y a Modigliani, tres. Y a Walter Kurt Wiemken, ninguno. Así es la vida. En cualquier caso, aprecio el regalo. La mejor prueba es que ya he empezado a utilizarlo aquí mismo, en la cafetería del Museo, mientras espero a Anne, a la sombra de las nalgas de piedra de esta gran ninfa recostada. Un verdadero reposo estas posaderas tan lisas frente a todas las fruncidas bocas de culo de pollo que mascan más y más sandwiches y tartas. Pastel de manzana de Cézanne. Bollitos Sainte-Victoire… Muchedumbre nutrida en la cafetería. Bien nutrida. Cézanne para todos los gustos.

Grosse Kiefer und rote Erde. Tampoco se podía dar un paso en las salas de la exposición. Volví a buscarla entre ese bosque inextricable que no dejaba ver los árboles de Cézanne. En el cristal de *El Asesinato* (1867-1869) se reflejan siniestras las caras de los espectadores. Dos matronas congestionadas y un calvo de barbita blanca ríen ante una naturaleza muerta con calavera enfurruñada. Pobre Yorick —To be or not Tübingen… Y por fin supe que Anne estaba ahí. Quizá vi con el ojo pineal (después lo explicaría así) el gran pino bien plantado en la tierra roja que abría vibrante sus largas ramas abarcando toda la extensión del cuadro. El gran pino del Museo del Ermitage, de San Petersburgo, que vi tantas veces en el póster clavado en el estudio berlinés de Anne. Mirando ese póster y bromeando con su apellido, Kiefer, alguna vez le dije: Al menos tú conoces tu árbol genealógico.

¿Madera de artista? Pero yo, Holzmann, ¿de qué madera estoy hecho? Haciendo honor a mi nombre, «hombre de madera», toda mi obra tiene que ver de una forma u otra,

por la materia o el tema, con la madera. Tallas, esculturas, pinturas sobre tabla, xilografías. Las series de grabados de *Pinacoteca* dedicadas a Sansón Carrasco, Aurore Dupin, Peter Kien, Pinocchio… O la danza macabra del tótem: *Totemtanz*. Tantos troncos tallados con detalle. Máscaras de hombres y animales, caras de palo, *gueules de bois*, mandíbulas de pino, brazos de ramas, troncos de troncos. Mi bosque de Birnham posado provisionalmente en el patio interior de mi casa de Kreuzberg que a veces sirve para que los vecinos tiendan las cuerdas de la ropa. El genio del bosque —y de Dédalo— no siempre es comprendido.

Las líneas de la vida. (Una hora más tarde.) Volví de nuevo a la cafetería del Museo, a seguir esperándola. Al fin, e hice ademán de levantarme, cuando entró enfundada en un impermeable rojo y sacudiéndose desde la nuca el pelo mojado la que al principio tomé por ella. El tipo de Anne —su buena planta— pero no su estilo. Se arrancó el impermeable y al ir a sentarse a la mesa vecina me fijé en la sombra que sobre su mejilla hacía el racimo de uvas dorado que colgaba del estirado lóbulo de su oreja. Pendiente del pendiente. No están maduras… Está visto que permaneceré solo. Menos mal que me había traído el libro de poemas —mi breviario— del recluso de Tübingen. Qué azar extraordinario ha reunido ahora en esta pequeña ciudad al mayor poeta de Alemania y al mayor pintor de Francia. Cézanne nace cuatro años antes de la muerte de Hölderlin y ambos —por diferentes razones— vivieron retirados del mundo la mayor parte de sus vidas. Sabían que los verdaderos poetas y artistas son extranjeros en su patria. Decidí aquí, junto a Cézanne, no retardar más la visita —por vez primera— a la torre de Hölderlin. ¿Y si Anne quería sorprenderme, esperándome allá? Ella conoce mi pasión por Hölderlin. Tantos títulos de mis obras eran versos de Hölderlin. *(Hölderlinien...)* Por ejemplo, la serie *Las líneas de la vida.*

La otra mitad. Otros extranjeros en su patria adoptiva. Así lo recuerda la pintada en este mural de la universidad en que se apoyan las bicicletas. ASYLHETZE: ROSTOCK, BERLIN, MÖLLN. Muros mudos y fríos. ¿Lo irán a pisotear? Cabeza y tronco de turco: a la entrada del puente el medio hombre, cortado por la mitad, que golpea un pandero cantando y dando gracias desde la acera. Bajé al río. Sentados en el parapeto, grupos de estudiantes que balancean las piernas sobre el agua azulenta. Al fondo del paseo, a orillas del Neckar, la casa de la torre. Demasiado amarilla para ser de marfil.

Fritz Hölderlin! —en spray verde por la pared amarilla, como una mala hiedra, hasta la puerta. Pagué dos marcos al entrar y pierdo la noción —moción— del tiempo en la torre. Como el poeta loco Hölderlin alias Scardanelli que firmaba con humildad poemas fechados unos veinte años antes de su nacimiento. El pequeño clavicordio en la planta baja (¿no se toca?) me permitió oír el desgarrador rasguñar de las larguísimas uñas de Scardanelli sobre el teclado. Y el rasgueo de una pluma de oca sobre el papel acompañado de un tabalear rítmico… ¿Imaginé gemidos?, al subir las estrechas escaleras. Apolo me ha apaleado..., vendría a decir el poeta en estado lastimoso. Solo yo en la torre. Me hubiera gustado apoyar la frente en el cristal junto a Anne para ver con ella desde esta alta ventana la vista que veía diariamente Scardanelli. Una hilera de ovejas allá por el pequeño puente se convirtió en una línea de un poema. Dibujar y pintar con líneas de Hölderlin. Tengo en la cabeza este cuadro: luz de plata sobre tierra violeta.

En busca de Anne. Por poco me encierran en la torre de Hölderlin o más bien del buen carpintero Zimmer. Él sí que tuvo buena madera para ser el ángel guardián de Scardanelli. Él y su familia. ¿Hay aquí alguna Zimmerstrasse? Salí a tiempo, y callejeé por la ciudad vieja. Hojeé libros en una librería de viejo situada en la casa en que vivió —según la placa— Hermann Hesse de 1894 a 1899. También fue pintor. Paisajista. ¿Quién tiene miedo al Lobo Estepario? Este paria, no, que releyó no sé cuántas veces en Rorschach esas anotaciones sólo para locos. Se hacía de noche. Telefoneé al Hotel Krone, sin resultado. Bebí cerveza en una populosa taberna llamada Lichtenstein. Por fin me atreví a telefonear a Bad Petersaal, a casa de Anne, pero no contestó nadie. Decidí no dormir en Tübingen, ir en busca de Anne.

Selva oscura. Recuerdo al salir de Tübingen los colorines de las y los gimnastas que evolucionaban como peces de acuario en una alta sala encristalada e inundada de luz de neón en mitad de la noche. Había pensado pararme a comer en Freudenstadt pero las calles desiertas y frías a esas horas, a las nueve de la noche, me desanimaron. Pueblos balnearios también desiertos al cruzar la Selva Negra. Líneas de caminos y curvas de montaña. Varas clavadas al borde de la carretera. Clio abría brecha en la noche con brochazos de luz. Bosquejos: Rayas negras y motas blancas sobre gris pizarra. Ramas rayan el negro azulado agitadas por el viento, copas aún con capas de nieve se sacuden sus últimos copos. *Dripping* con ritmo de primavera. Los árboles entrechocan en la noche astas espectrales: madera del aire. Más pueblos apagados. Y finalmente en éste, Griesbach, me atrajo una sala humosa en la que se agitaba un bosque de siluetas. Pasé a ver un momento y acabé bailando toda la noche con una enfermera que se llama Hortense.

Antes de Cézanne. Por fin llegué a Bad Petersaal, poco antes del mediodía, para enterarme de la noticia. La recorté para pegarla aquí como esquela:

Accidente mortal. Una joven de 25 años, la señorita Anne Kiefer, se mató ayer al mediodía al volante de su coche en una carretera secundaria que atraviesa la Selva Negra al norte de la población de Bad Antogast. Por razones indeterminadas el Golf de la joven se salió de la carretera y fue a chocar de frente contra un árbol. La infortunada automovilista, que circulaba sola a bordo de su vehículo, murió en el acto.

¿Acudía a Cézanne? Su vida fue tan breve como su arte. Ideas de marzo: tomar la vida como viene. Toma la Hortensia del día. No hacer proyectos. Abril, mayo y junio están lejos.

IV

ANNE CON CÉZANNE
O LA MANZANA DE LA CONCORDIA

Puedes darle un vistazo, dijo Klaus, si aún no lo has hecho…, y soltó una de sus ristras de risitas entrecortadas, cuando le indiqué por teléfono que se dejó en casa su cuaderno. No necesitaba preguntar en Exil, donde habíamos cenado con Mons y Uwe Doble la noche anterior, ni tampoco a Mons, en cuyo estudio tomamos las penúltimas copas. Es verdad que Klaus había sacado a relucir su cuaderno en Exil: bajo la lámpara de la mesa de billar nos enseñó el dibujo a doble página de una especie de arbolillo esquemático de ramas desnudas y su sombra alada que él quiere transformar en escultura, *Annexe*, en memoria de Anne Kiefer. Las últimas hojas del cuaderno estaban llenas de dibujos de árboles, sobre todo de pinos y abetos, en figuras casi humanas. Uwe Doble ya proponía una videoescultura, con rumor del viento incluido, y yo apunté que se podrían duplicar las esculturas arbóreas con sus dibujos como sombras por la pared. Klaus miraba a Mons, esperando sin duda su comentario, pero éste se limitó a pedir que los habladores dejásemos al escultor concebir su artefacto. Klaus afirmó entonces que debería ser una obra muy sobria, recuerdo que dijo estas dos palabras: desnuda y frágil. ¿Como Anne?

Mons parecía reflexionar y, ya en su estudio, le pidió a Klaus que le volviese a enseñar el boceto del pino que abre sus ramas como múltiples brazos de un dios indio.

Anne nos lleva a todos a Cézanne, dijo Mons, y fue a darle vuelta a un gran óleo contra la pared, más alto que él, que representaba el estudio vacío de Anne en Steinplatz, con sus mandíbulas de escayola y clavos por el suelo como fauces de caimanes y de monstruos prehistóricos, y en la pared del fondo únicamente el póster del gran pino de Cézanne. A primera vista una copia fiel del póster. Pero, más de cerca, las manchas rojizas, blanquecinas, verdosas y azuladas en el tronco y en las dos primeras ramas alineadas se animaban de modo sorprendente: Anne crucificada, Anne bailarina en pose extática, Anne en trance, Anne dríade, incrustada en el gran pino, con el casquete oscuro de su pelo que medio le cubría los ojos, y el grácil cuerpo algo rojizo-arcilloso como en el último verano, cuando se soleaba desnuda en la hierba, a orillas de aquella laguna de Grunewald.

Ya no podré ver el pino de Cézanne con los ojos de antes, dijo Klaus, que los tenía empapados de emoción y sin duda también de alcohol. Recordé que en mis paseos con Mons por Grunewald, las primeras tardes de aquel setiembre casi mediterráneo nos acercamos a Teufelsee porque Anne iba a broncearse y a nadar allí, a la salida de la clínica dental, en Dahlem, donde trabajaba entonces algunas horas. Teufelsee que Anne llamaba en francés «La charca del diablo», título de la novela que a los 13 o 14 años, durante las vacaciones de verano, le hizo leer su madre. Anne Kiefer con su Aurore Dupin, en decúbito supino…

La buscábamos por la pradera, nosotros los dos vestidos entre los desnudos.

Una toalla sobre la cara, pero reconocí sus teticas cónicas.

Figurita de terracota, la llamó Mons, y verdaderamente había tomado un color de arcilla roja. Quizá le vino ahí a Mons la idea de los desnudos adanes y evas que parecen ídolos de barro.

Sentados los dos en la hierba junto a Anne, sentada desnuda, y le pedí que se llevara su mano derecha al mentón para completar el *tableau vivant*. Mons, en cambio, le pidió que posara alguna vez para él. Sensible al halago, visiblemente, y quizá para disimularlo ella volvió a lanzarse al agua.

Anne desconcertada, recordaría Mons, mientras él la miraba desnuda tan fijamente. Intimidada también lo más seguro, pensé. Ella no conocía el método Mons de pintar desnudos. Lo que él llama incorporar el cuerpo, en vez de copiarlo. Sólo una vez que lo tiene dibujado en su interior, o en sus entrañas, como él dice, se pone a pintar. Muchas veces sin la presencia del modelo. La primera vez que posaba para él, más de una modelo pensó que no era un pintor sino un mero mirón. Ante la modelo o el modelo —pero sus desnudos masculinos son más bien escasos—, Mons sentado, su puño bajo el mentón, no hacía más que mirar, durante mucho tiempo. Que a veces a Anne se le antojaría una eternidad.

Anne de pie, desnuda, llevándose las manos a la nuca; Anne la Bañista, acuclillada, tendida boca abajo, de rodillas, avanzando inclinada hacia delante…, en 14 cuadros y posturas de las 14 bañistas de les *Grandes Baigneuses* de Cézanne, del Museo de Filadelfia.

Y aquel otro, desconcertante: Anne en tenis negros y calcetines blancos, por toda indumentaria, sentada de medio lado y con las piernas colgando del brazo de un sillón rústico de madera. Sostiene entre las manos un tazón

75

y mira ida (en su melena corta, de un castaño caoba, brillan grumos de escayola), a sus pies, los monstruos de quijadas desencajadas.

Desnudos que fui uno de los poquísimos que tuvo el privilegio de ver. A tiempo porque, poco después de la muerte de Anne, Mons los destruyó. No estaban a la altura de Anne, fue su única explicación. Al menos nos queda (¿de momento?) el más misterioso: el pino de Anne. Tuvo que ser un pino —su sino y signo— aquel árbol contra el que se estrelló Anne allá en la Selva, Negra como su suerte.

Una tarde Mons, Klaus y yo caminamos con Anne durante horas por Grunewald. Y estuvimos sentados en el viejo tronco de pino, en un recodo del sendero, que Mons bautizó «el tronco de Kafka», desde que yo le conté que Kafka solía descansar en uno como ése en sus paseos por Grunewald. Y desde Teufelsee otra tarde fuimos con Anne, Mons y yo, al cercano Teufelsberg. La montaña del diablo que yo llamo la «Montaña de Mons», porque indefectible-mente él solía pasar por allí en sus caminatas o meditacio-nes grunewaldianas. Esa montaña ancha de escombros, la llamé, porque efectivamente se había levantado con los escombros del Berlín de la guerra, pero sobre todo porque Mons la antropomorfizó de modo monstruoso o diabólico. Esa silueta picuda y negra, como una sombra amenazado-ra, parecía perseguir a Anne en sus pesadillas, desde que la vio en el estudio de Mons. Y sin embargo las criaturas man-dibulares de Anne, erizadas de púas, no eran precisamente angélicas. Mons le compró una, una suerte de pico con dientes y cuello de arqueopterix, que está a punto de levan-tar el vuelo encima de una estantería llena de pedruscos. Tenía por título simplemente *Rock*, y Klaus se refirió a la pasión casi de ornitólogo o de augur de Anne, observando siempre el vuelo de los pájaros. Especie de espacio…, dijo ella, no del espacio, sino hecha de espacio, una noche que comentaban en Filmbühne la silueta rauda de un pájaro de Brancusi. Y recordé que la calle de mi casa, en Berlín, Storkwinkel, rincón de la cigüeña, nos había inspirado a Anne y a mí algunas bromas equívocas. La rememoración de Anne, muerta hacía casi un año, se interrumpió de pronto con la llegada de otros noctámbulos japiberdeando. Mons parecía desconcertado. ¿Quién había hecho correr el bulo de que era su cumpleaños? Uwe Doble se sacudía hipando su hipótesis. Y trataba de convencer a Mons. Cuando se nace un 29 de febrero hay que celebrarlo el 28 si no es año bisiesto. Hubiera podido apoyarse en Lichtenberg para decirle que alguien que celebra su cumpleaños cada cuatro años no es como los demás. Uwe empeñado en celebrarlo. Así se explicaba que nos hubiera convocado en Exil, aunque no fuera sábado. Uwe Doble cena allí casi todos los sábados, siempre a la misma mesa, al fondo, en la sala de billar. Ese restaurante vienés en Kreuzberg, a orillas del canal nada azul danubiano, le calma su nostálgico apetito de aquellos platos que le preparaba su madre austriaca. Ese filetón que suele zamparse, el *Tafelspitz*, lo llamamos *Tafelspitzel*, añadiéndole el espía alemán o *Spitzel*. Se trata de una broma privada, que Klaus no conocía. Cuando Uwe Doble va a Madrid, lo primero que hace es comer o cenar en Horcher, ese restaurante austriaco junto al Retiro. Horcher, buen nombre, el espía, el que escucha detrás de las puertas, y Uwe Doble siempre pide allí apropiadamente el «filete del espía», a menos que le tiente el escalope vienés que le hace la boca y los ojos agua. Al salir de Exil, Uwe Doble propuso acompañar a Mons a su estudio. No sabíamos entonces que ya tenía organizada la fiesta.

Petra, la modelo de Mons, llegó teñida de añil y uñasgarras del mismo color, escoltada por un pintor ruso de silueta oscura de bailarín del Bolshoï o de patinador y melenita de alas de cuervo a lo Gogol, recién llegado de Moscú, que blandía como ofrenda una botella de vodka. Subió la arquitecta inglesa del estudio de abajo, Margaret la Dama de Acero y Vidrio, en compañía de un viejecito atildado, el arquitecto Ziegel, que al principio tomé por un empleado de pompas fúnebres que se equivocó de señas, y traía de regalo un libro de dibujos de ciudades futuristas, que le arrancó a Mons un entusiasta agradecimiento, *Città Nuova* de Antonio Sant'Elia!, y el título lo corearon además en italiano recitado un matrimonio de arquitectos, él italiano y ella croata, que parecían moles gemelas grasas y grises.

Es genuino, repetía en italiano la croata, a cada copa de vodka ruso que le servían o se servía, cada vez con mayor frecuencia. Para acabar de llenar de humo y de humanidad el estudio, llegó el pintor Stock empuñando su cachimba, dando eses y toses, seguido de Frieda, la escultora cojuela, balanceándose insinuosa, y de su nuevo novio, pálido como un muerto y también de luto riguroso, que es fotógrafo, entendí, y poco más que su nombre, Andreas von Nosé Qué acabado en off.

Cuando ya había corrido generosamente el alcohol y Petra empezaba una de sus danzas en trance (de momento se había limitado a subirse su faldellín de cuero negro y a lucir sus medias de malla negras con agujeros ovales en rodillas y pantorrillas) y en vista de que Mons no paraba de impacientarse (su pierna izquierda subía y bajaba, casi pedaleaba, cada vez más deprisa, sentado en el único brazo del diván manco, mientras resoplaba la humareda de su cigarrillo), aproveché para largarme con la excusa de que mañana temprano tenía que hacer una entrevista. Klaus siguió mi ejemplo y tuvo la atención (o segunda intención) de ofrecerse a llevarme a casa. No ponerle trabas al Trabant.

Ya llegamos a Storkwinkelgasse, mi calle de mala fama, le dije a Klaus, recordando el apelativo que le dio Anne.

Al divisar los cadillacs empotrados en bloques de cemento, en el centro de Rathenauplatz, dijo que le ponían enfermo. Falsa estela funeraria…, creo que murmuró entre dientes y en francés. Coches fúnebres, añadió, inclinando aún más la cabeza sobre el volante. La guarida del lobo, y soltó su risita nerviosa al frenar. Pensé que se refería a la taberna de la esquina, *Wolf's Inn*, con su horrible cabeza blanca de lobo sobre la puerta, aún iluminada, en la que una noche metimos a Anne casi a la fuerza. Preferí no acodarme con Klaus a beber la cerveza amarga de las antiguas andanzas, y le propuse subir a casa a tomarnos la última copa.

Sentados frente a frente, a la mesa de la cocina, paladeando un aguardiente de orujo, no tardó en hablarme de Anne. Se acercaba el primer aniversario de su muerte y Klaus volvió a sacar el cuaderno con los dibujos preparatorios para la escultura conmemorativa que proyectaba. No encontró a Anne en Tübingen, dijo, sólo el cuaderno… Estaba tan seguro de encontrarla, que le había pedido el Clio a su hermana para hacer el viaje. Su hermana, que trabaja en unos laboratorios de Basilea, vino a pasar unos días a Berlín y Klaus le prestó su estudio a cambio del coche. Fue un viaje sorpresa, se dejó llevar por una corazonada. Quizá si hubiese llegado un poco antes a Tübingen…

Si cometí la indiscreción de hojear su diario de Tübingen, antes de que me autorizara a hacerlo, fue sobre todo porque estaba convencido de que no lo olvidó en casa realmente sino que hizo como si para seguir hablando conmigo de Anne, con mayor conocimiento por mi parte, sobre todo acerca de sus sentimientos hacia ella. Y a lo mejor quería mostrarme también que tenía madera de poeta y que no había alardeado en vano aquella noche en que nos contó a

Mons y a mí, en el bar con biblioteca de aquel hotel de Fasanenstrasse, otra avenida con nombre de ave…, que había querido ser poeta, mucho antes de dedicarse a la escultura. También vi que quería sondearme acerca de la relación artística entre Mons y Anne. Él sospechaba, creo que con razón, que no fue sólo artística. Al menos en algún momento. Recordé sobre todo aquella noche en que Klaus patinaba detrás de Anne por la nieve de Yorckstrasse pidiéndole que se quedara con él. Pero Anne avanzaba decidida hacia nuestro grupo, Mons, el pintor Pi, Frieda y yo, algo adelantados en busca de un taxi. Al acabar de cenar en Publique, los despedimos en la puerta, porque Klaus dijo que él llevaría a Anne a casa. Pero se conoce que Anne, por una vez, no quería volver pronto a su cuarto. Klaus se largó petardeando en su carricoche.

Anne nos acompañó en la ronda nocturna, a cada alto más insegura, y en el último, en Meyhane, nuestro café turco en Kantstrasse, comprobé que ella había bebido más de la cuenta. Frieda y Pi no nos siguieron más allá de Rost, ese estrecho bar herrumbroso en Knesebeckstrasse. Nosotros aún no estamos oxidados, y Anne se reía apoyando la cabeza en los hombros de Mons, que la sostenía por la cintura. En Savignyplatz tomamos un taxi. Primero dejaríamos a Mons en el Hotel Askanischer Hof, muy cerca, y yo acompañaría luego en el taxi a Anne hasta Witzlebenstrasse, casi de paso a casa. Íbamos bastante apretados en el asiento trasero y por un momento creí que Anne lloraba contra el hombro de Mons, pero sólo seguía riéndose. Mons estuvo esa noche haciendo bromas sobre las esculturas que acababa de exponer Anne en el gran vestíbulo de la Escuela de Bellas Artes de Steinplatz con otros alumnos. Sobre todo a propósito de una fálica serpiente de Anne, tan oportunamente situada, que parecía a punto de ser felacionada por una enorme lengua roja, casi de buey, que se estiraba y encogía desde una vidriera, obra de otro ingenioso escultor de la escuela. Cuando Mons bajó del taxi, me sorprendió sólo a medias que ella lo siguiera. Los vi desaparecer enlazados y titubeantes, por la puerta del hotel. No iría, pues, a Witzleben. Ese nombre, viva el ingenio, sí que se presta a bromas.

Al devolverle a Klaus su cuaderno, dos o tres días después, no me atreví a contarle que cuando él viajó a Tübingen, para ver a Anne con Cézanne, ella se había citado con Mons en Baden-Baden; pero ella suspendió el viaje en el último momento. Habló por teléfono con Mons, y estaba muy deprimida porque su padre había tenido una recaída. Paralizado paralizándola, según Mons…

Al año siguiente, en la FIAC de París, coincidiendo con la gran retrospectiva de Cézanne en el Grand Palais, Uwe Wach presentó una especie de ofrenda a San Cézanne en la que figuraban el retrato o exvoto que pintó Mons de *Saint Cézanne* con aureola y unas manzanas quizá de Gauguin y el óleo del estudio de Anne con el póster del pino de Cézanne, junto a una obra primeriza de la propia Anne: una estatuilla de escayola del Amor mutilada, sin brazos, y unas manzanas y peras de escayola pintada que parecían podridas. Pero las peras y manzanas que atrajeron realmente la atención de los visitantes fueron las de Klaus, enormes, de madera policromada, algunas de más de un metro de alto.

Nos vimos bastante en esos días de Feria en París y le hice una entrevista en la que habló como un geómetra de sus manzanas monstruosas y de Cézanne. Se despachó a gusto sobre la pretendida aceptación unánime de Cézanne, que ahora se había convertido en el papá querido de todos los pintores, incluso los periódicos y revistas menos artísticas rebosaban de Cézanne por delante y por detrás.

La mañana, esplendorosa, en que íbamos juntos en el taxi hacia el Grand Palais, se produjo un nimio incidente que me dio el título de la crónica que iba a escribir sobre la exposición de Cézanne. Al cruzar la plaza de la Concorde, de la furgoneta que nos precedía cayó una caja con legumbres y sólo una manzana golden, de oro parecía, echó a rodar por la plaza y pasaba entre las ruedas de los coches, sorteándolos, hasta que la perdimos de vista. Klaus dijo que era otra prueba más de la santidad de Cézanne.

Cuando visitamos la exposición, ante las *Quatre Baigneuses,* con la espléndida *demoiselle* en el centro que se lleva las manos a la nuca, oímos que un caballero maduro le decía a una mujer de su edad, también bien trajeada: «Este hombre no sabía dibujar; es peor que Picasso.» Nos echamos a reír al unísono. La blasfemia nos debió de parecer entonces sana discrepancia.

Ante el gran pino volvimos a ver a Anne díade, y Klaus se fijó en que el número del cuadro, 154, correspondía a la fecha de nacimiento de Anne: 15 de abril. Anne presumía de haber nacido durante la llamada «primavera de Praga». La serenidad azul del retrato de Madame Cézanne me hizo rever, no sé por qué, a Anne en Grunewald. Klaus quizá pensaba en otra Hortense... Siguió hablándome de Anne en la brasserie frente al Grand Palais. Mirando la carta, entre sorbetes y helados, no podíamos pasar por alto «La coupe CÉZANNE». Pero la mejor, señaló Klaus, era «La coupe Picaso», con una sola ese. Menos mal que no decía Picoso, picado de viruelas.

¿No tenía Anne unas pecas en los pómulos? Reveía su óvalo de Magdalena de Perugino, con la barbilla hendida, como bien detalló Mons.

El pino de Anne, por doquier, en el póster y en la portada del catálogo de la exposición. Klaus dijo que se veía de nuevo dos años atrás en Tübingen ante el gran pino, cuando tuvo la presciencia de que Anne estaba ahí. Yo quise demostrarle que había leído y traducido con atención su diario de viaje, y le dije que la última línea era un verso de Hölderlin. Abril, mayo y junio están lejos, recitó Klaus en alemán. ¿Quiso dar a entender que estaba dispuesto a pasar al verso siguiente: Y yo ya no quiero vivir? Klaus cerró los ojos un momento, como deslumbrado por el sol, y se fijó ausente en el póster en la puerta de cristal que brillaba con el pino de Anne.

V
EL DESTINO DEL ARQUITECTO

Ziegel el arquitecto habla como ausente de sus ciudades y edificios extraordinarios mientras Mons, que da más crédito a lo que ve o cree entrever que a lo que oye en su destartalado estudio berlinés de Kreuzberg, lo va retratando y reconstruyendo de cuerpecillo entero, plano a plano, con translúcidos espatulazos traslapados, rigurosamente vestido de negro como un *clergyman* pero sentado con informalidad algo encogido en un peldaño de una escalera espiral, con la mano derecha como una garra que apresa un grueso libro amarillo cerrado contra su rodilla derecha, de espaldas a un alto muro de ladrillos amarillentos, o quizá de libros, al afinar el pincel con leves toques las líneas que no atenúan sin embargo, más abajo, la decrepitud del pecho y de las mejillas hundidos ni el laberinto de arrugas de la larga cara cenicienta en la que unos ojillos de acero se aguzan intermitentemente tras los lentes con la evocación de ciertas agujas y ojivas. Ziegel ha visitado tantas ciudades, a lo largo de tantos años, que los recuerdos se le empiezan a desdibujar y a veces sólo le quedan detalles aislados a los que agarrarse. Estos detalles, y Ziegel acababa de evocar desde su escalera unas azoteas ensangrentadas, acaso por el ocaso, estas y otras nimias reminiscencias eran los verdaderos *souvenirs* que le quedaban de sus remotos viajes. También en ocasiones los recuerdos se le superponen, y una ciudad duplica a otra ciudad distinta, aumentando así la duplicidad de la memoria. Pero Ziegel no olvida que al fin y al cabo la memoria es uno de los nombres que damos a la imaginación. Al recorrer alguna ciudad extraña experimentó alguna vez la extrañeza de lo *déja vu*. ¿Dónde había visto anteriormente la torre rosa de Margara bajo el cielo azulón, frente a la plaza de arcadas con estatua ecuestre? ¿Y los palacios de azufre, con columnatas y estatuas de ceniza, en ruinas al borde de olas negriazules o las espectrales ciudades nocturnas de los convidados de piedra donde fosforecen pétreas facciones y putrefacciones entre sarcófagos, peristilos, rotondas, estelas y esqueletos? En ocasiones, con un esfuerzo de concentración, arrugando aún más su frente sempiternamente fruncida, llegaba a ubicar con exactitud dónde había visto antes esas calles, pasadizos, dédalos inquietantes que creía recorrer a pie por vez primera. Como le sucedió al visitar la Ciudad llamada de los Inmortales.

Aquella arquitectura delirante parecía surgir de las visiones de opio de De Quincey y Coleridge, semi-simetrías de un caleidoscopio desarreglado que alzaba domos de dromedario bajo la bóveda de la noche, locas escaleras de caracol truncas contra murallas insalvables, alto basalto sobre el abismo, y pilastras hacia los astros y latastros rotos y postradas columnas rostradas con sus picos en tierra y astrágalos con lagartos al sol negro de la melancolía. Los ventanales inalcanzables, los pozos sin fondo, las simas inverosímiles y las no menos inverosímiles escaleras inversas, con los peldaños y balaustradas hacia abajo, las revió Ziegel en las cárceles inextricables de Piranesi corregidas y aumentadas en las paradojas visuales y perspectivas conflictivas de los grabados de Escher.

También divisó Ziegel a la luz de la luna las innumerables columnas, duplicadas por sus sombras, que se elevan casi hasta las nubes y cuyos capiteles, de una arquitectura desconocida, servían de refugio a las aves nocturnas que remontaban el vuelo en las alturas como las rapaces entre los rascacielos de Miami, poco antes de bajar por la interminable escalera de mármol que conducía peldaño a peldaño al abismo del palacio del fuego subterráneo compuesto de sucesivas e inmensas salas sin fin, de columnas y arcadas que convergían en un punto luminoso como un sol a punto de consumirse en el horizonte. No menos opresiva le resultó a Ziegel la vasta naturaleza construida, así la denominó, del dominio de Arnheim, diseñada y casi soñada por el millonario norteamericano Ellison, émulo del extravagante millonario inglés William Beckford, con sus canales sinuosos y colinas cubiertas de vegetación lujuriante, artísticamente diseminadas en el paisaje (que el pintor belga Ensor, según Mons, había barnizado de sol y arenas de oro), con su anfiteatro de montañas empurpuradas que se abre al vasto esplendor de arboledas, lagos, praderas, riachuelos que se extienden ante la arquitectura arabigótica casi suspensa en el aire que hace brillar al sol púrpura del crepúsculo sus saledizos, sus miradores, sus alminares, y sus torrecillas de filigrana y oro. Ziegel creyó encontrarse tanto ante el Xanadú de Kublai Khan como ante el de Mr. Kane. Pero no sólo conoció casas encantadas que parecían flotar en perpetua levitación. Vio otras, en apariencia no menos poderosas, que de pronto se desplomaron en un torbellino de polvo atronador. Como la casona enfermiza del enfermizo Roderick Usher, de muros gris moho y lúgubres torreones góticos, cuando se entreabrió la cicatriz en zigzag que le cruzaba la fachada de arriba abajo.

Parecida atmósfera de decadencia, aunque el horror dejaba paso al hastío, experimentó al visitar el retiro de Fontenay-aux-Roses, cerca de París, del esteta Jean des Esseintes. Recordaba, sobre todo, el gabinete de trabajo con los muros forrados de tafilete, como sus libros latinos en la biblioteca de ébano, y el suelo de parqué cubierto de pieles de leopardo y de zorros azules. Avanzaba, se podría decir, a contrapelo. A repelones. Atrajo especialmente su mirada una enorme tortuga viva, sobre un tapiz oriental, que tenía incrustadas en su caparazón una miríada de multicolores piedras preciosas. En realidad no debió pasar del asfixiante vestíbulo, repleto de tantas flores y plantas ostentosamente artificiales que resultaron ser más que verdaderas, más que la naturaleza lujuriante. Aquellas plantas naturales imitaban a la perfección las artificiales, con sus hojas y corolas que parecían de estaño, de tela barnizada, de calicó almidonado…

Se hubiera podido pensar que esa casa-museo de los horrores decadentes había sido decorada por el conde de Montesquiou. O por el barón de Charlus.

Nunca tuvo mayor sensación de irrealidad que al recorrer la casa del escritor Pierre Loti en Rochefort, al ir pasando por sus piezas de épocas y culturas diversas, popurrí de exotismos: el salón rojo decimonónico con los retratos de los antepasados, el fumadero turco, la mezquita, la biblioteca de las Momias, la sala gótica, y el comedor Renacimiento… hasta llegar a la desnudez de una celda pulcra y blanqueada, de monje-guerrero si no fuera por todos aquellos cepillos y peines coquetamente dispuestos sobre una mesita. Un gramo de locura, de «folie» realmente, se dijo, para contrarrestar la severidad hugonota y el trazado a escuadra de Rochefort.

A veces Ziegel creía verse reflejado en un cuadro del siglo XIX, *El sueño del arquitecto*, de su compatriota Thomas Cole, que contemplara muchos años atrás en la pinacoteca de Toledo, Ohio, que representa a un hombre en túnica roja reclinado en lo alto de una colosal columna que contempla una grandiosa vista con pirámides, partenones, coliseos, y palacios de Palladio.

La atmósfera misteriosa prefigura ciertas obras surrealistas y algunas arquitecturas metafísicas de De Chirico. Para un arquitecto, creía Ziegel, lo importante es la pureza de un sueño, la pureza de líneas de arcadas, torres, terrazas, columnas.

El misterio y melancolía de una calle, con sus arcadas hasta el horizonte, y la niña que corre tras su aro por la calle desierta hacia la sombra humana que asoma por el oscuro edificio de la derecha, los ha experimentado en varias ciudades. Así como las alegrías y enigmas de una hora extraña en una ciudad extraña.

Había oído de la existencia de una ciudad de múltiples nombres, quizá al borde de un desierto, toda ella construida con bloques de piedra amarillenta llamadas piedras del destino. Cada una de esas piedras tenía grabada la historia de una existencia, triste o feliz, que sólo alcanzaba a descifrar el viajero que se reconocía en ella.

Bajo el círculo helado de la luna llena y tras un cendal de bruma se le apareció sobre la falda nevada de una montaña la silueta de finos encajes negros de la ciudad de Getulia, que parecía salir del *Libro de las Ciudades* de Paul Klee.

Para recordar mejor el viaje sin fin por las 53 ciudades del país de las simetrías invisibles que forman un paralelogramo compuesto de cuatro triángulos isósceles y tienen nombres de mujer (¿quién dijo que las ciudades son mujeres?), Ziegel confeccionó un atlas alfabético, de Adelma a Zoe, que desordena la cronología y volverá a desordenarse azarosamente en los recuerdos del pintor Mons (él retuvo especialmente Perintia, la ciudad de los monstruos) que va oyendo a medida que pinta a Ziegel, en una tarde de otoño en Berlín, que el viajero que desembarca en Adelma irá reconociendo a todos los habitantes que se cruzan en su camino para acabar reconociéndose a sí mismo, pobre mortal, y resolver en último término el enigma de la llegada; es fácil perderse por los canales concéntricos de Anastasia, en Andria uno puede orientarse siguiendo por sus calles el orden de las constelaciones, en Argia al contrario las calles no buscan el cielo y se entierran con sus casas, llenas de arcilla hasta el techo, Armila es una ciudad sin casas pero con altas conducciones de agua coronadas de lavabos, bañeras y duchas en los que sus habitantes las ninfas se lavan y ablucionan alegremente, Baucis es una ciudad que no se alcanza a ver porque está suspendida muy alto entre las nubes y Ziegel añadió desde su escalera que a veces se invierten los papeles y es el viajero en las nubes el que casi no alcanza a distinguir la diminuta ciudad allá pegada a tierra. Este comentario Mons creería comprenderlo en todo su alcance algunas semanas más tarde, en el Café Einstein, después de leer en el *Berliner Morgenpost*, *CAÍDA MORTAL*, que Ziegel cayó o se precipitó al vacío desde un edificio de oficinas en construcción de Potsdamer Platz, y la noticia completaba la información curricularmente indicando que el erudito arquitecto norteamericano de origen alemán Peter Ziegel, autor de una biografía del arquitecto inglés James Wyatt y del *Libro de arquitecturas imaginarias*, había participado durante la Segunda Guerra Mundial en el bombardeo de Dresde.

Tal vez las ciudades imaginarias que le obsesionaban tanto no consiguieron borrar del todo la fosforescente ciudad real arrasada a fuego desde el aire, y los innumerables edificios de ficción no lograron retrasar la llegada a la torre última y real de la última jugada en la última casa del último destino.

En la mesa de su despacho, como pisapapeles sobre la torre de papel, una ajada antología de Rilke en la que

estaba encasillado cuidadosamente a lápiz este verso de
«La casa»:

Nueva caída terrible

A Ziegel le intrigaba sobremanera una torre, mencionada
por Chesterton, cuya arquitectura en sí misma es perversa. ¿La
llegó a encontrar? ¿La banalidad del mal dispersa en incontables hacheeleemes y betonvilles y colmenas abominables?

En uno de sus primeros recuerdos, envuelto en una
bruma gris plata, Ziegel veía con terror animarse una casa,
de ventana a ojo desorbitado, de puerta a bocaza abierta,
que acababa por transformarse en ogro. Quizá fue en una
sala oscura de cine,[1] le dijo a Mons, que prolongaría a su
vez la visión explicándole a Ziegel que la entrada del campo
de concentración de Auschwitz, pintada de modo perfectamente realista con sus dos ventanas y puerta, parecía un
ogro devorador en un cuadro de R. B. Kitaj, *If not, not,* en el
Museo de Arte Moderno de Edimburgo.

Y Ziegel le explicaría a su vez a Mons, complicándole la
visión, que el demonio en el *Infierno* dantesco aparece como
edificio y máquina, suerte de diabolus ex machina infernal,
como un molino gigante, ¡pobre Don Quijote!, que levanta
con sus aspas-alas de murciélago vientos que hielan el alma.

El *Libro de las arquitecturas imaginarias* de Ziegel, con
el que lo retrató Mons, tiene exactamente 410 páginas, sin
duda para encajar en uno de los veinte anaqueles de uno de
los innumerables hexágonos de la Biblioteca de Babel. Pero
en ese universo y arquitectura vertiginosos el libro y la ciudad —*byblos* y Byblos— llegarán a ser uno y lo mismo.

1. Probablemente la visión de Ziegel procede de una secuencia de animación de la película norteamericana *The Haunted Hotel,* de 1907.

VI
LA DAMA BLANCA DEL MÉTROPOLE

La dama blanca del Métropole, le puso Mons, una aparición insólita que atribuyó a la fiebre y al ron antitrancazo, a la suma de sus grados, al volver de madrugada al Hotel Métropole, en Bruselas. Tras titubear por el esplendor de mármoles del vestíbulo hacia el largo mostrador del fondo a pedir la llave de la habitación y torcer a la izquierda camino del ascensor, dijo Mons, lo más tieso de que era capaz, ¿una aparición?: la dama encapuchada en un dominó blanco que parecía dormir plácidamente, repantigada en una silla contra el muro del corredor, allí entre la columna empotrada y la vitrina rutilante de pomos de perfume, puntualizó, con los brazos estirados y sus manos —en guantes de tela blancos— abiertas sobre una mesita de patas curvifinas. (Su tabla de salvación realmente, habría de descubrir poco más tarde.)

Al pasar por el bosque de palmeras y columnas corintias del bar, desierto a esas horas, no pudo contener un estornudo, recordaba, tan estrepitoso, que se volvió a hacer un gesto de disculpa; pero la dama o maniquí (¿no sería un reclamo?) seguía inmóvil en su sitio. Qué haría allí a tales horas… ¿Y si estaba muerta?, llegó a ocurrírsele, ya en cama.

En noche de difuntos… ¿O simplemente se habría quedado dormida esperando a alguien, o al regreso de una fiesta, también con una copa de más? Durmió sobresaltado por pesadillas incongruentes. De golpe lo despertó el retumbo de trueno en la pared. ¡No es posible!, y Mons reconocería que saltó indignado de la cama. La noche anterior, la de su llegada, le habían dado una habitación o más bien cámara de ecos paredaña a una discoteca, y el estruendo roncarroleante le impidió pegar ojo. Le cambiaron de habitación pero, por lo visto o por lo oído, no de ruido. Se vistió, decidido a armar un escándalo en la recepción. ¿O el ruido vendría de abajo, del bar? En efecto, el bar del hotel estaba de nuevo abierto, y animado por una reunión. ¿De misóginos? ¿En una despedida de solterones? De veintitantos caballeros de frac, la mayoría más bien de edad, todos de bigote y algunos de blanca barba, que parecían venir más bien de alguna boda. Entre ellos sólo una dama, también de oscuro, cuarentona, el pelo recogido en un moño. La dama, que a Mons le recordaba a alguien que no conseguía identificar, estaba sentada en un canapé de cuero entre dos barbudos de aire grave y se llevaba la mano izquierda a la oreja izquierda, inclinada en dirección a la armadura medieval que aporreaba o más bien martillaba el piano de cola negro en el que se acodaba en atenta escucha un hombre joven de bigote moreno y pelo revuelto, que se parecía a Albert Einstein. De pronto la armadura descargó un mazazo tremendo sobre el teclado, estridente final con teclas por los aires, y le tendió su mano de hierro al joven de las greñas de sabio. Cuando éste se inclinaba para el besamanos, el guantelete se puso al rojo, y Mons se despertó, aseguraba, con el escozor en los labios.

No tardó en darse cuenta de que en su sueño se habían colado los sabios (Einstein, Madame Curie, Max Planck, Poincaré, entre otros que no conseguía recordar) de una foto de 1911, enmarcada frente a la recepción del hotel, que atrajo su atención de inmediato, y le hizo recordar que en la repisa de la chimenea de la biblioteca de su abuelo el doctor Verdugo había un retrato de Madame Curie con la mano en la oreja. La Sorda, como él le puso de niño, había reaparecido en su sueño.

¿También habría soñado a la dama blanca?

La siguiente madrugada, al regreso de otro cuchipandemónium[1] de artistas con muchos brindis, volvería a encontrársela allí sentada a su mesita en el corredor del hotel casi en la misma pose, con turbante y un largo vestido de seda color de perla que parecían sacados de una revista de moda de los años treinta o de algún guardarropía. ¿Sería actriz? Cara muy pálida, al principio le pareció empolvada, finamente subrayados sus ojos y cejas. Negros como su pelo, que el turbante no llegaba a cubrir por completo. Labios finos, apretados en una raya granate. Un hoyuelo —toque de Venus, los llama Mons— en la barbilla. También se fijó en la finura de sus piernas y en el brillo nacarado de sus medias de seda, en los puntiagudos escarpines blancos. Figura de figurín, así pensó dibujarla Mons, de figurín de *Vogue* de los tiempos de maricastaña, o de Paul Poiret, aunque de edad indefinida, quizás al borde de los sesenta, bien disimulados. Y Mons tampoco pasó por alto que con la mano izquierda, también de guante blanco, se apretaba contra la oreja una pequeña radio que emitía apenas un zumbidito o débil zureo. ¿Se habría quedado dormida escuchando la radio? ¿O necesitaría para dormirse o no sentirse sola ese arrullo del transistor-tórtolo?

1. En un bistrot troglodítico detrás del Hospital Saint-Pierre cuyo nombre flamenco a Mons le sonaba a «Au steak-à-pattes», y así lo dibujó en su libreta de apuntes, a ese filete-ciempiés o «escalopendra» *(sic)*, tan difícil de cortar, que tuvieron que pedir a gritos el cuchillo azteca a falta del «couteau-à-steak».

Mons el trasnochador volvió a ver a la blanca durmiente otras veces, siempre con elegantes vestidos de dama de antaño, cuando él ya iba de retirada hacia el ascensor.

Cenando con un variopinto grupo de amigos belgas comentó el extraño caso de la dama del Métropole. Hubo interpretaciones para todos los gustos, que Mons anotó e ilustró en su libreta. Una profesora de literatura española de la Universidad Libre de Bruselas dijo entre bromas y veras que podría tratarse de una dama-duende, del fantasma de una cliente del hotel que por alguna razón que se le escapaba, y sonrió maliciosa a Mons, sólo él tenía el privilegio de ver. Un homeópata y sofrólogo («sufrólogo», según Mons) se inclinó por una terapia de amnesia a través de la hipnosis en el lugar y horas que ocurrió el suceso que la paciente no conseguía recordar. Una actriz de la escuela de Kantor dijo que podía ser una especie de happening que aún no se sabía cómo iba a acabar. Y, puesto que en Vincent ya era hora del cierre, propuso seguir las falsas hipótesis en Le Falstaff. Un decorado belle époque para la bella dama de época… Y el poeta —flamenco— del grupo y crítico musical añadió con exaltación y convencimiento etilíricos que era la belle Irina, una bailarina pavloviana rusa, tránsfuga y arruinada, que seguía su existencia nómada por las ciudades de sus anteriores triunfos y el Métropole daba refugio en las noches que pasaba en Bruselas. En vez de bailarina, pon antiguo modelo de Balenciaga y de Balmain, dijo una galerista experta en alta costura que coleccionaba marinas y paisajitos del modisto Poiret. (Ignoraría probablemente que la madre de Mons, bajo el nombre algo acortado de Carmen Verdoux, fue modelo en París en los años 30.) Mons también había barajado otras muchas hipótesis, no menos descabelladas; pero estaba convencido de que, efectivamente, la realidad es o acaba siendo más extraña que la ficción.

Por fin se decidió a preguntar.

¿Madame Mayer? El recepcionista parecía incómodo haciendo que no encontraba o buscando en el casillero la llave y la explicación. Casi al oído, le dijo que era una huéspeda suiza, una de nuestros clientes más antiguos, fíjese que se alojó aquí por vez primera cuando ella tenía siete u ocho años, y bajando aún más la voz le informó que a raíz del incendio de su casa sufría crisis de angustia y de claustrofobia por las noches; teniendo en cuenta estas circunstancias excepcionales, y que Madame Mayer no tardaría en irse a otro hotel de otra ciudad, pues era una gran viajera, la dirección del hotel le permitía instalarse discretamente en un corredor, siempre en la planta baja y cerca de la entrada, por el temor de ella a un posible incendio, hasta que la llegada de la mañana le daba suficiente confianza para volver a su habitación, donde la esperaba un baño caliente recién preparado por una camarera. Luego del baño, y del desayuno en cama, Madame Mayer, rodeada de sus últimas adquisiciones, porque era amateur d'art, descansaba un par de horas. Así día a día y noche a noche, hasta que pasara la crisis.

A Mons la historia le pareció tan extraordinaria —y seguramente le encandiló que la dama blanca fuera amateur d'art— que esa misma mañana, cansado de ver llover sobre la mojada plaza de Brouckère, hizo de memoria en su habitación varios bocetos de la dama blanca durmiente en su silla, con los brazos de sonámbula estirados hacia la mesita. También pintó, separadamente, ciertos detalles del Hotel Métropole: candelabros de brazos retorcidos, racimos de globos de luz, arañas multiplicadas en los espejos, columnas doradas, las esfinges estilitas de doradas alas de ángel y rostros de mujer en las altas vidrieras azules de la recepción, las sirenas que alzan u ofrendan escudos heráldicos desde la gran lámpara del café del hotel, sillas de bejuco y veladores en la terraza del café enrojecidos por los calentadores eléctricos bajo el toldo rojo y ante la placa THE METROPOLE HOTEL en letras doradas, perspectivas de arcadas y bóvedas con artesones, hojas de palmeritas contra plintos, puertas altas entre columnas de mármol embebidas, alfombras rojizas algo raídas con intrincadas tracerías sobre suelos de mármol rosa salmón, la espiral art déco de una escalera como una superposición de gemas octogonales, un botones de chaquetilla y gorro escarlatas y pantalones negros que parecía un pelele de Goya retocado por Ensor..., sin suponer —o así lo aseguraba— que todos esos esbozos adornarían al cabo de unos días como exvotos la habitación-capilla de la dama blanca en el Hotel Métropole.

¿Quién era ella verdaderamente?

¡Rosa Mir!, exclamó Vanderdecker, el gran coleccionista belga, cuando Mons le preguntó por teléfono si conocía a Madame Mayer. Rosa Mir, la violinista prodigio, y no menos pródiga coleccionista, un personaje de leyenda aun mucho antes de convertirse en Madame Mayer y sobre todo después de enviudar en trágicas circunstancias. Se había casado con uno de los fundadores de la firma farmacéutica suiza Gebrüder Mayer; o con ambos, explicaría malicioso Vanderdecker, porque eran gemelos inseparables, hasta que se produjo el incendio en el que murió el casado con Rosa Mir. Que era española, ¿no lo sabía?, y se le ocurrió que organizaría en su casa una cena en honor de la más extraordinaria coleccionista para que Mons tuviera oportunidad de encontrarla despierta. Y tanto. La llamativa dama de blanco y boa de plumas blanca (¿la viuda blanca? ¿una forma de llevar el luto en negativo, a la japonesa?) inspeccionando con aire sherlockholmesco o maigretesco un Magritte (una monstruosa rosa roja que ocupaba toda una habitación) que le hacía fruncir el ceño de tal modo que Mons se dijo que ella iría a exclamar «¡Esto no es un Magritte!» o, aún peor, «¡Esto no es una rosa!»; pero ella sólo murmuró en francés: «En los buenos tiempos yo tenía la blanca», o asi creyó entender Mons, plantado junto a ella en ese pasillo recoleto en el que se alineaban media docena de magrittes. Dans le bon vieux temps? «Sí, la rosa blanca titulada *Le tombeau des butteurs*», dijo ella, y señaló el título en el marco de la roja: *Le tombeau des lutteurs*. *La tumba de los luchadores* era un título enigmático; pero *La tumba de los aporcadores*, vaya palabra, era quizá más adecuado para una rosa en forma de colosal col que se decolora al enterrarla... Mons no sabía nada de aporcadores o de «butteurs» e iba a preguntarle cómo dejó de tener el magritte de la rosa blanca, cuando Vanderdecker se interpuso o se puso a hacer las presentaciones.

(Tampoco hubiera podido imaginar entonces que poco después proyectaría en homenaje a esa Rosa Mirabilis plantarle en su habitación del Métropole una enorme rosa blanca como un globo cautivo que iría creciendo y creciendo aliciescarrollmente a medida que suena lejano un violín y resuena la voz de Jacques Brel:

Rosa rosa rosam
Rosae rosae rosa
Rosae rosae rosas
Rosarum rosis rosis

Y mientras el disco rayado desgranaba su rosario de rosas, al fin y al cabo una rosa es una rosa ad infinitum..., iba creciendo y sobrecreciendo con el gemido de violín in crescendo la monstruosa rosa blanca en el cuadro viviente o muriente titulado *Le tombeau des luthiers*.

Tañedor de ataúd cum laude, ¿no hay fosa sin espinas?)

Pasaron revista con el anfitrión a algunas obras maestras, repartidas con discreta naturalidad por toda la vivienda. Difícil sospechar que ese dúplex de la Avenue de la Renaissance, en un edificio moderno de fachada anodina, encierra tales joyas. Una alta torre de Babel realzaba sus ocres y oros tras una mesa escritorio negra. Madame Mayer o Rosa Mir dejó escapar en español un ¡Ay, mi Memling!, que le salía del alma, inclinada ante un diminuto díptico, como un librito iluminado, abierto sobre la mesa negra: una Natividad con dos ángeles azules que tañían el de la izquierda un laúd y el de la derecha una vihuela de arco. No era exactamente su Memling pero le traía recuerdos dolorosos. Vanderdecker la fue empujando delicada y afectuosamente hacia las escaleras que bajaban al comedor. Mons tuvo la suerte, gracias a la previsión de Vanderdecker, de cenar a la misma mesa que Madame Mayer, o Rosa a secas, como acabaría llamándola. Antes, al comienzo de la cena, le chocó que no se quitara sus sempiternos guantes ni tampoco la serpiente emplumada. Mons dedujo que habría sufrido quemaduras en las manos y —puesto que también se lo cubría siempre, se percató— en el cuello. Tal vez el pintor la miraba entonces como una de sus *Têtes brulées* e intentaba adivinar la quemadura. Necrose trémière?... Vanderdecker ya le había hablado antes a ella de los monstruarios de Mons y en su casa de campo, al sur de Bruselas, le mostró algunos cuadros recién adquiridos —de la serie *Cabezas reducidas* y *Degoyados*— que le produjeron gran impresión. En esa macabra «tête-à-tête gallery», como la calificó un crítico de *The Independent* de Londres, Mons había tratado de ajustar cuentas —cuencas, más bien— con una serie de críticos de arte, marchantes y algún que otro colega. Le había horripilado particularmente una cabezota barbuda —¿de un Holofernes enano?— semien-vuelta en papel de periódico ensangrentado. La cabeza de un crítico contra su propia crónica... ¿Tenemos que ser siempre crueles los españoles?, se preguntó y le preguntó ella cuando se dirigían al saloncito contiguo a tomar café. ¿Siempre violentos? Mons, que quizá sólo era medio espa-ñol, le habló entonces de la calma —y del lujo— propicios a la voluptuosidad de las volutas, envueltos ambos en las del habano que acababa de encender al lado un ministro ventriplenipotenciario, y se refirió a los bocetos amables del Métropole, testimonios más bien marchitos de un pasa-do venido a menos, por los que ella mostró vivo interés, y le invitó a mostrárselos en el hotel al día siguiente. ¡Traígame-los todos!, fue su orden.

Regresaron juntos al hotel pasada la medianoche, en la limusina de Vanderdecker conducida por un chófer de crá-neo tan rasurado como el de Mons, que tenía —detalle que no se le escapó al autor de *Primo Carnera boxea con su pro-pia Sombra*— las orejas desgarradas «en coliflor», como tantos boxeadores. Hablando del noble arte, Rosa Mir tra-tó de describir un cuadro de su colección que fue pasto de las llamas, atribuido a George Bellows, que representaba a un boxeador negro larguísimo y pelón, todo brazos y pier-nas (¿Jack Johnson?, dudó Mons), que contenía en el ring, con el brazo derecho extendido, a una fila de zombies blancos inclinados hacia él, o a un solo zombie que se le venía encima en sucesivas posiciones y descomposiciones del movimiento a la manera de las fotos de Muybridge. Un combate de Bellows con un toque cinético de Balla, real-mente único.

Cuando llegaban a la plaza de Brouckère, Mons creyó entender que ella le llamó Hadrian. Aunque por fortuna ella no pareció darse cuenta del lapsus. Tras colarse como un torbellino por la puerta giratoria del hotel y dirigirse resueltamente hacia la recepción, ella le anunció risueña, llave en mano, que esa noche no era de guardia y estaba dispuesta a pasarla tan ricamente en su lecho de rosas. ¿Efecto euforizante del champaña? ¿O de la compañía de Mons?

Mons estaba convencido de que lo invitaba a seguirla ipso facto (¿fatuo?) a su habitación; pero le pareció más razonable esperar a la mañana siguiente.

Se presentó puntualmente a las once y cuarto de la mañana con su cartapacio de bocetos metropolescos y ella lo recibió de puntillas en blanco, con unos mariposones de encajes en el cuello y escote, dignos de Beardsley, y le hizo pasar con sumo cuidado a ese bazar personal tan atestado de muebles, cuadros, esculturas, libros, bibelots y toda clase de chirimbolos en el que apenas se podía dar otro paso. Mons recordaba una serie de obras de carácter inequívocamente belga que seguramente la coleccionista Rosa Mir había conseguido en sus pesquisas por galerías y estudios de Bruselas.

Una escultura en acero y mármol negro (una cacerola de mejillones, *Brussels' Mussels,* firmada Moulaert), sobre el tocador, al lado de una caja abierta de bombones Godiva en la que, en vez de «Princesse noire», «Palet d'or», o «Manon blanc»…, había un surtido de ojos de cristal. A la izquierda, junto a la ventana, una maniquí de escaparate con sombrero de fieltro y una estola al estilo de las de Rosa Mir estaba enfrascada en la lectura de *Le Soir* a un velador sobre el que había una botella de gueuze *Mort Subite,* un vaso con una huella roja de labios en el borde, una novela de bolsillo de Simenon titulada *La chambre bleue,* un paquete de cigarrillos (que reproducía en un pequeño círculo la cabeza con sombrero de la lectora de *Le Soir*) y una caja de cerillas amarilla con tres antorchas rojas.

En la pared de enfrente, desde un retrato de tamaño natural, enseñaba su blanca dentadura un falso negro o *minstrel* embetunado que levantaba en su mano izquierda una caja redonda negra y gris de betún marca «Ça-va-seul».

En la mesilla de noche, bajo una quesera de cristal, y al borde del escote atrevido de dos hemisferios pintados, un abanico de naipes (tréboles, corazones, diamantes) con el as de corazones al descubierto. Una dedicatoria a lápiz en una esquina: «À Madame Mir, souvenir d'amitié», y una firma ilegible, aparentemente en caracteres cirílicos. Al inclinarse a examinar la firma, ¿Vladimir? ¿Valdemar?, Mons observó que bajo el corazón central del as estaba escrita la marca CARTA MUNDI.

Rosa Mir parecía impaciente por ver los bocetos y le indicó a Mons la cama —el único espacio aparentemente libre— para irlos posando. Una nueva colcha, de patchwork, se iba extendiendo. Al observar cómo ella clavaba los ojos en esos detalles polícromos del Métropole, Mons se dio cuenta de que la mirada se extraviaba en un curioso estrabismo: en el ojo derecho, fijo y duro, de ave de presa, relucía la determinación, la avidez y el cálculo; el izquierdo, en cambio, húmedo de emoción, sólo reflejaba amor al arte.

Ésa fue la imagen esencial de Rosa Mir que guardó Mons, en su retrato anamorfótico *Imago Mundi*, en el que la coleccionista mira con ojos extraviados, entre múltiples artefactos a sus pies, un globo terrestre (que resulta ser un laúd panza arriba) y una rosa de los vientos oblicua que se convierte (guiño holbeiniano) en calavera. En la deformación de la perspectiva, la cabeza con moño y el cuello sumamente alargados de Rosa Mir, si bien se mira, es un violín invertido.

La coleccionista Rosa Mir apreció los trozos escogidos del Métropole, ese lujo de detalles; pero echó de menos uno verdaderamente significativo e importante para ella: el monograma de las letras HM enlazadas, en el cristal de la puerta de entrada del hotel, que de lejos parecen una mariposa dorada. Y eran además las iniciales de su difunto esposo, Hadrian Mayer, y las del pintor predilecto de él, Hans Memling. La mariposa, ¿verdad?, símbolo de resurrección... En realidad, para ella, Hadrian seguía aún de algún modo en este mundo —en su mundo de coleccionista errante— y le escribía casi a diario, contándole sus viajes y encuentros, y sus nuevas adquisiciones en detallados informes, como cuando él solía enviarla a los más alejados puntos del globo en busca de nuevas piezas para su colección de arte. Una colección generosa que reunía el arte primitivo con el moderno y tendía puentes entre los maestros antiguos y los contemporáneos. Hadrian tenía además ojos de lince para descubrir el genio en ciernes. Ella no iba a prescindir de su juicio certero. Enviaba las cartas a una vidente polaca de Londres, retratada en tiempos nada menos que por Kokoschka, que le transmitía las respuestas del marido. Y señaló, sobre la mesita Luis XV en la que ella se apoyaba para dormir, varios sobres abultados dirigidos a Madame Starzinsky, en unas señas de South Kensington.

Madame Starzinsky le transmitía además los extraordinarios dibujos automáticos de un jovencísimo pintor inglés que se suicidó a finales de los años 20 por culpa de una mujer fatal, una tal Dolores, modelo del escultor Epstein. Eran dibujos muy expresivos, de rostros la mayoría, y fue en una exposición en Londres de estos retratos de ultratumba donde ella encontró por designio de la Providencia a la vidente. Desde esa noche transfigurada, así la llamó, dijo Mons, se había convertido en una espiritista convencida. Madame Starzinsky también le enviaba a veces los diálogos intrigantes que Hadrian Mayer mantenía con Chang y Eng, famosos hermanos siameses del siglo pasado. Rosa Mir tomó los abultados sobres con el membrete del Hotel Métropole y explicó que era preferible llevarlos en mano porque había decidido que dentro de sólo cuarenta y ocho horas estaría en Londres. Si se le ocurría algo para decorar su habitación del Charing Cross Hotel, le propuso a Mons, estaría allí dos semanas. Su marido se alojaba siempre en Londres en ese hotel, por el que habían pasado varias generaciones de Mayer, desde principios de siglo.

Mons hubiera podido revelarle que su primer retrato por encargo —un encargo singular— lo realizó en ese hotel anticuado casi sobre rieles. No se lo dijo, para qué, y se dijo: Está algo chiflada…, y hubiera podido repetirlo en francés e italiano, para subrayar la mezcolanza artística de esa habitación del Métropole. Mons reconoció que él no podía imaginar en ese momento hasta qué punto las manías y extravagancias de Rosa Mir eran contagiosas y se prestarían a inflamar su fiebre creadora.

Rosa Mir le pagó generosamente los cromos del Métropole; pero al cabo de unos días Mons le estaba pintando unos siameses muy formales de levita y leontina que se tomaban por los hombros como buenos hermanos. ¿Se enlazaban afectuosamente o era una llave de lucha? El siamés de la derecha tenía el cuello algo torcido, la boca entreabierta y vidriosos los ojos. También puede parecer que está bebido y lo sostiene su hermano. Según Mons, el pintor no puede permitirse el abuso de confianza de interpretar. Le fascinaba la historia de esos siameses convertidos en fenómenos de circo, su lado Dr. Jekyll y Mr. Hyde. Chang tenía malas pulgas y se emborrachaba con frecuencia en contraste con Eng, sobrio y afable. Cuando tenían treinta y dos años, en 1843, se casaron con dos hermanas norteamericanas, Adelaide y Sarah Yates, y lograron mantener hogares separados por riguroso turno, tres días con cada esposa y el sétimo, como Dios manda, de descanso. El sistema debió de funcionar porque cada uno fue padre de varios hijos. Mons retrató también a las dos hermanas casadas con los siameses, cogidas del brazo y con idénticos mantones rojos, como en el cuadro de Chassériau que está en el Louvre, *Les deux sœurs*, le explicaba Mons a Rosa Mir, pintado en el mismo año de la boda de los siameses con las hermanas Yates. Mons, que tenía la obsesión casi de un Dr. Mengele por la gemelidad, se propuso hacer una serie de retratos dobles o dobles figuras. Quizá tenía in mente a los gemelos Mayer y a su colección o Gemäldegalerie.

Durante años, a partir del encuentro en Bruselas, Mons acudió a la cita con Rosa Mir en hoteles de medio mundo, o —cuando no podía desplazarse— le enviaba obras adecuadas para distraerla en su soledad de coleccionista trotagalerías.

Mons guardaba, lleno de dobleces, un reportaje reciente de *La Vanguardia*, de Barcelona, que era todo un curriculum.

ROSA MIR
COLECCIONISTA DE MUNDO

Rosa Mir, viuda de Mayer, barcelonesa nómada, que ya de niña, en los años cuarenta, daba la vuelta al mundo como violinista prodigio, en una meteórica carrera que se interrumpió de pronto misteriosamente después de ganar a los trece años el trofeo del programa de radio neoyorquino «Rising Musical Stars», sigue recorriéndolo incansablemente como no menos extraordinaria coleccionista y mecenas. Tras la trágica muerte en 1982 de su marido, el químico y coleccionista suizo Hadrian Mayer, en el incendio de su villa «Vieux Temps», a orillas del lago de Zurich, al intentar salvar algunas obras maestras de su colección de pintura contemporánea, Rosa Mir se propuso retomar la antorcha-testigo, si así puede decirse, la llama de la pasión del coleccionismo y del mecenazgo, de forma totalmente original de acuerdo a sus gustos y personalidad compulsiva de acaparadora que no para. Según revelaba una crónica del *Neue Zürcher Zeitung*, a los pocos días del siniestro, Rosa Mir, ante las ruinas aún humeantes de su villa, de la que logró escapar de milagro, decidió no volver a tener un hogar como en el buen «vieux temps» o sólo un hogar al día. De ahí en adelante viviría sólo en hoteles, cambiando de ciudad frecuentemente, como en sus años de violinista. Al comprobar que la inestimable colección de pintura y tantos muebles no menos únicos —en el reportaje se mencionaba especialmente un secreter con cajones secretos obra de Roentgen— habían quedado casi totalmente reducidos a cenizas, Rosa Mir declaraba al *Neue Zürcher Zeitung* que se proponía constituir de ahí en adelante colecciones «no permanentes» o transitorias, por unos cuantos días, en las habitaciones de hotel que fuera ocupando. En realidad, declaraba al mismo periódico suizo, su único bien permanente era una mesita Luis XV, de las llamadas «cabriolet», y firmada Dubois —ahí estaba el quid— que le había salvado la vida, al ponérsela sobre la cabeza al salir de la villa en llamas y parar con ella el impacto de unos hierros al rojo, cumpliéndose así la predicción del anticuario de Ginebra que al vendérsela aseguró —creyendo bromear— que traía suerte tocar Dubois... Esa mesita la acompañaba en su errancia de hotel en hotel, en tantas noches de insomnio. Rosa Mir se convertiría así en «Rosa de los Vientos», para sus amigos, en infatigable coleccionista errante. Al llegar a un nuevo hotel ya le estaban esperando a veces pinturas, dibujos, esculturas, toda suerte de objetos que había encargado a artistas y amigos. Ella además visitaba incansablemente las principales galerías, anticuarios, estudios de artistas de la ciudad en busca de nuevas piezas. Cuando la habitación del hotel estaba tan repleta, que tenía la sensación de que ya no quedaba sitio ni para ella misma, se resignaba a cambiar de aires y volver a empezar su colección «no permanente» en otra ciudad. Pedía entonces a su amigo el galerista Carles Taché, de Barcelona, que se encargara de desocupar la habitación atestada y distribuir las obras entre otros coleccionistas. En realidad, confesaría Rosa Mir, la pasión del coleccionista se colmaba con conseguir la pieza extraordinaria y guardarla sólo por breve tiempo, a la manera de esos pescadores que se conforman con la emoción de la captura y antes de irse devuelven el pez al agua.

Cada habitación de hotel ocupada por Rosa Mir acababa siendo una suerte de «cabinet d'amateur» y a la vez, sin saberlo o pretenderlo ella, una instalación sui generis.

En ocasiones lo coleccionado o pedido a los artistas por Rosa Mir tuvo carácter temático, lo que acentuaba su parecido a la instalación. Por ejemplo, ocupó totalmente la suite 79 del Hotel Imperial de Viena con estuches de violín abiertos como extrañas mariposas o sarcófagos en los que reposaban muñecas vendadas como momias, en alusión misteriosa quizás a algún suceso de su pasado de violinista. La pieza más provocativa fue obra de un joven escultor austriaco, Strunk, de aire duchampiano: sobre el bidé del cuarto de baño de esa suite estaba atravesado un arco de violín. En una habitación del Hotel Gramercy Park de Nueva York rehízo un «interior» de Roy Lichtenstein, con su diván, moqueta, lámpara idénticos, en el que el gran artista norteamericano fue a colgar personalmente el retrato de Mickey que faltaba. Llenó una habitación del Hotel Lutétia de París con libros en varios idiomas relacionados con habitaciones: *Le voyage autour de ma chambre*, de Xavier de Maistre, *Un cuarto propio*, en edición española, de Virginia Woolf, *The Enormous Room*, de e.e. cummings, *Room at the Top*, de John Brain, *Röda rummet*, de August Strindberg, *Le mystère de la chambre jaune*, de Gaston Leroux, *Chambre d'hôtel*, de Colette, y tantos otros, adornados con dibujos de artistas amigos residentes en París. En el Hotel Askanischer Hof, de Berlín (que ella prefiere al más lujoso Kempinsky, porque en un hotel del mismo nombre, aunque en distinto sitio y ya desaparecido, solía alojarse Kafka), el joven escultor suizo Klaus Holzmann le llenó la habitación de una multitud de figuritas de palo en las más absurdas posturas que tituló *Kafkaballet*. En la carpeta *Imago Mundi*, que acaba de presentar en Barcelona el pintor Víctor Mons se recogen muchas anécdotas de la vida y milagros de Rosa Mir, de su mundo mirífico, de su vuelta al mundo en ochenta habitaciones de hotel —en la que no podía faltar la 204 del Hotel Majestic de su Barcelona natal— y de su pasión de coleccionista errante.

Poco después de la publicación de ese reportaje, Mons volvió a Bruselas y le escribió desde el Hotel Métropole una extraña carta a Rosa Mir, dirigida al Hotel Majestic de Barcelona:

Rosa de los Vientos:
Me dicen que te acabas de ir a Barcelona. ¡Qué mala pata! Nos cruzamos en el camino. Tendría que retratarte de «Maja del Majestic». Otra vez será... Recuerdo aquí los buenos tiempos. Voy a hacerte pronto los retratos de tus violinistas predilectos, empezando por Henri Vieuxtemps, y sin olvidar a Ingres ni a Sherlock Holmes. A menos que prefieras a Ralph Holmes. Hablando de detectives, tengo que contarte el chisme más delirante jamás contado. Resulta que anteayer encontré a Storiani en Ginebra, en el bar del Hotel des Bergues, y me dijo,

¡no te caigas!, ¡agárrate bien!, y tuvo la ocurrencia de asegurarme, pero él ya llevaba unas copas de más, que tú no eras tú, así como lo oyes; pero es más que sabido que Storiani siempre habla mal y desconfía de los otros coleccionistas, que tú eras una actriz o ex actriz contratada por Rosa Mir para hacer de ella por todos los hoteles del mundo. ¡Ésta sí que es una historia de Storiani! Y que la verdadera Rosa Mir quedó tan horriblemente desfigurada, en el incendio de su casa, que vivía recluida en una nueva villa a orillas del otro lado del Léman, en una villa con torreones neogótico-morescos de inspiración gaudiana, apropiadamente llamada «La Stravaganza», sin salir ni dejarse ver por nadie, ni siquiera de su cuñado Horst Mayer, que vivía bajo el mismo techo. Ella se muestra siempre velada, o encapuchada, según algunas versiones, y vestida de negro. Y se había reservado algunos aposentos en los que sólo se podía comunicar con ella a través de celosías como esas de los conventos de clausura. Storiani seguía con su historia. Y aseguraba que el sobreviviente de los Mayer tiene tal devoción por la pobre cuñada desfigurada que le permite esa comedia del doble, del negativo, diría, sus locuras coleccionistas y espiritistas. Claro, lo tomé a broma, Storiani el histrión, y mis carcajadas espantaron a los últimos carcamales del bar. Imagino la risa que te dará a ti. ¿Te veré pronto? ¿En el Lutétia?

Te pinta con amor,

Y en hoja —de música— aparte había dibujado el perfil aguileño y mentón voluntarioso de un hombre que tocaba el violín, y escrito al pie: ¿No te parece que el perfil de Huberman es el de Holmes?

Finalmente, Mons decidió enviarle el dibujo, pero no la carta. Por si la loca historia de Storiani, de la locura de la Mayer, o de los Mayer, le daba pena y le hacía revivir recuerdos particularmente dolorosos. Rosa Mir estaba algo deprimida últimamente, dijo Mons, y volvía a padecer de insomnio.

VII
PARÍS POR PARAÍSO

Mons lo retrató de *Peregrino en París*: una voluminosa silueta negra con bordón y esclavina cubierta de veneras de Santiago que alza la cabeza —tocada con una gorra sherlockholmesca— hacia una torre Eiffel cubista que estalla en prismas de todos los colores. Peregrino de aspecto verdaderamente peregrino...

Las peregrinaciones de Reck en París, a fines de junio de 1994, y el zigzag de su mente inquieta están minuciosamente consignados con su microescritura casi taquigráfica en el cuaderno de Joyce, es decir, en el *notebook* que le compró Joyce, su mujer, en la Galería Nacional de Retratos de Londres, que reproduce en la tapa un retrato al óleo del escritor James Joyce de pie con los brazos cruzados, un cigarrillo en la mano derecha, apoyado contra una mesa cargada de libros mientras mira de soslayo hacia su izquierda. Viste un traje pardusco oliváceo, chaleco gris y la corbata es realmente espléndida, con motas amarillas, rojas, negras, azules... Mirándola bien —le hizo ver Joyce— se convierte en un negro o payaso con boina.

Fue su último regalo, una tarde con chaparrón del junio anterior, en que se recogieron en la Galería Nacional de Retratos, en el rincón con ventanal junto al retrato de James Joyce que a ella le gustaba tanto. Entonces le hizo ver la figura o el fondo de la corbata. Ella tenía más o menos veladas veleidades de pintora, y ojo imaginativo, pero aun así le admiró que le quedara la suficiente presencia de ánimo para fijarse en tales detalles, sólo horas después de que les confirmaran —ella siempre quiso saber—, en aquel sombrío hospital del norte de Londres, que el cáncer era su sino. Murió meses después en Providence, Rhode Island, la mañana del 6 de enero, me informaron nuestros comunes amigos Pilar y Robert Coover. Gracias a los Reck —que seguían aún en Londres— pude entrevistar en Providence a los escritores Robert Coover y John Hawkes, última entrega de un reportaje sobre Nueva Inglaterra que Mons ilustró con la cara larga de Lovecraft y sombras alargadas de monstruos extraterrestres.

Todos los libros del profesor Frank M. Reck —y todos tratan de Joyce— están dedicados «A Joyce». El profesor y crítico Julio Ortega, compañero suyo en la Universidad de Brown, señaló con su habitual perspicacia que la dedicatoria era un monta tanto, tanto monta… (Monto tanto…, añadirían los irreverentes frecuentadores del barrio de mala nota de *Ulises*.) Es cierto que Reck llevaba tantos años de matrimonio como de especialista en el escritor irlandés.

A propósito de dedicatorias tengo presente la que me hizo en francés, jugando con mi nombre, en su enrevesado libro sobre *La noche de Finnegan*: «A Emil, una noche y niebla para nictálopes.» Poco antes, habíamos hablado de *Providence*, la película de Resnais, que él consideraba que tenía un título engañoso.

No lo veía desde 1990, en el simposio James Joyce de Mónaco al que acudí para hacer el reportaje titulado «¡Hagan juego!» (lo reveo por el casino de Monte Carlo, más atento a una grulla en un fresco que al giro de la ruleta, antes de negarse a jugar con un pareado terminante: De Monte Carlo me parto sin jugarme ni un cuarto...) y el reencuentro en la entrada de la Facultad de Derecho de Sevilla, bajo un sol de justicia, estuvo precedido por la duda, hasta que él, imponente y rollizo, levantó ritualmente los brazos, invocando el parecido que yo le había atribuido, cuando lo conocí, en el simposio de Dublín de 1982. Pero ya no tenía el aire abacial de la mole Mulligan, el falso cura y aprendiz de curalotodo que inicia con la bacía, en lo alto de la torre Martello, el introito de *Ulises*. Estaba más gordinflón, se había dejado un bigotito a la Oliver Hardy y así vestido de oscuro, y con corbata negra, tenía la silueta luctuosa de Leopold Bloom.

Reck preparaba desde hacía mucho un estudio exhaustivo sobre las epifanías joyceanas, *Epifanías sin fin*, de inminente publicación siempre postergada, como para hacer honor al título, y en el autobús que nos llevaba a un cortijo en las cercanías de Sevilla, donde habría de celebrarse la cena del Bloomsday, le informé aliviado que por fin se publicaría —y en Alemania— aquella edición de las epifanías de Joyce ilustrada por nuestro amigo Víctor Mons, a instigación mía. También este libro —por una serie de azares— sufrió considerables retrasos. Unos diez años atrás, si no cuento mal, me reuní con Mons en el cuarto de un pequeño hotel del Barrio Latino de París, en la rue des Carmes, en el que solía alojarme a comienzos de los 80, para examinar los textos y probables problemas de ilustración de esa futura edición de las *Epifanías* en la que se incorporarían nuevos hallazgos descifrados en los laberínticos borradores de los Archivos de James Joyce. París era una fiesta de epifanías, recuerdo, que prolongamos en un restaurante libanés cercano y, pasada la medianoche, con nuevas libaciones y cavilaciones, en el café Le Métro de la place Maubert. Guardo como reliquias algunos bocetos que Mons dibujó a vuelapluma en ese café —sobre cartoncitos con anuncios de cervezas— a medida que le iba leyendo epifanías escogidas, ¡qué ojo, eh!, subrayaba, ¡qué ojo brujo!, a plumazos: una ola que se abalanza felina, tristes figuras de semicapros en campos de cardos, un extraño oso o mono de pelaje ralo chapoteando en medio de una charca, una araña que brilla en la noche de tinta como una estrella…

Mientras el autobús seguía por los campos de Sevilla le pregunté a Reck si el título de su libro, *Epifanías sin fin*, indicaba que Joyce no había hecho más que escribir epifanías a lo largo de su vida. Espera a ver el juicio final, y me hizo un guiño. (Yo no sabía aún en qué estado se encontraba su estudio.) De momento veía, en el asiento de delante, la melena canosa de una congresista adornada con un clavel como las chicas andaluzas que recordaba con nostalgia Molly Bloom.

Días después, al llegar a París, el profesor Reck tuvo quizá dificultades en encontrar alojamiento y recordó oportunamente el tranquilo hotel de la rue des Carmes del que le hablé.

Era un hotel pequeño, según le dije, pero el ascensor se le antojó féretro, tan estrecho que casi le produjo un ataque de claustrofobia. También dudó al principio de la limpieza de la habitación (en el segundo piso, frente al antiguo convento —de los «escapularios pardos», anotó— de la rue des Carmes) porque encontró en el rincón entre la taza del retrete y la pared de la cabina de ducha, abierto boca abajo —o tapas arriba—, un librito de tapas de tela blancas de poemas de Ungaretti, en edición bilingüe italiano-alemán, de la editorial Suhrkamp. Bibliófilo empedernido y habituado a la precisión bibliográfica, anotó además que la traductora era Ingeborg Bachmann y que se trataba de una segunda edición, de 1966, en buen estado, aunque le faltaban las sobrecubiertas. Pero antes levantó el libro y vislumbró y se dejó deslumbrar por el primer poema, *Mattina*:

> *M'illumino*
> *d'immenso*

Fue un instante epifánico, de súbita iluminación. Reck, joycéntrico siempre, añadió que Joyce diría más bien: Me ilumino con lo nimio. El pormenor es lo que verdaderamente cuenta. Ahí está el detalle. Siempre esclarecedor. Iluminaciones y eliminaciones, precisamente, se titulaba uno de los capítulos más densos de *Epifanías sin fin*. Rimbaud y sus arcos iris voltaicos, así como los cortos circuitos de los poetas místicos y los relámpagos de los haiku, le eran más que familiares; pero hasta entonces nunca había leído nada de Ungaretti.

Siguió leyendo y releyendo en voz alta, en italiano y en alemán, tumbado en cama, hasta que al atardecer las tripas empezaron a protestar estropeando aún más su tosco tono toscano. El alemán, en cambio, era su idioma paterno, y solía visitar cada dos o tres años a sus familiares de Offenburg, cerca de la frontera alsaciana.

Seguramente la que olvidó él libro era una turista alemana. Decidió que tenía que ser mujer por la forma de dejar el libro. Boca abajo en el suelo o cabeza abajo en una estantería, tanto da, dictaminó, rasgo femenino es. Al salir del hotel comprendió que era además una fan de Ungaretti porque en la fachada había una placa que conmemoraba:

EN ESTA CASA
VIVIÓ DURANTE EL VERANO DE 1913
GIUSEPPE UNGARETTI
POETA ITALIANO
1888-1970

La última fecha era también la de su boda. Había conocido a Joyce el año anterior, en un lugar de la Mancha, solía decir, en un ferry que los llevaba de Dover a Calais. Entre nubarrones allá, como blancos castillos de hadas, los altos acantilados.

Él le recitó fragmentos de una epifanía del joven James Joyce en el ferry que le llevaba de vuelta a casa. *The sea moves with the sound of many scales...* De nuevo la mar salpicada de escamas.

Se fue dejando llevar por los recuerdos, hasta Notre-Dame, hacia aquella noche de verano de 1969 en que se besaron —por vez primera— ante la catedral iluminada. (Y cuando vivían en Buffalo, Joyce puso en el dormitorio, frente a la cama, una reproducción de un cuadro de Matisse, *Notre-Dame en fin d'après-midi*, de 1902, que les recordaba la *vie en rose* de París.) Momentos después de que él le explicara a Joyce en detalle que el Viernes Santo de 1903 el descreído James Joyce asistió al oficio de tinieblas en la catedral de Notre-Dame y luego callejeó durante unas dos horas recitándose sus propias epifanías y a las 11 de la noche regresó a su hotel, el Grand Hôtel Corneille, en la esquina de la rue Corneille con la de Vaugirard, junto a la place de l'Odéon, para encontrarse con el célebre telegrama del padre que le pedía que volviera a casa porque madre se estaba muriendo. Como último recurso, despertó a medianoche a un negociante en champán al que daba clases de inglés y que le prestó los 75 francos para regresar a Dublín a la mañana siguiente.

Ella empezaba a notar el relente de la noche y se apretó, *en douce*, contra su hombro.

Veinticinco años después se volvía a asomar al río negro de las rememoraciones, *Questa è la Senna...*, y en sus reflejos turbios se reconoció braceando desesperadamente. Últimamente soñaba demasiado con muertes y accidentes, alguna madrugada le despertaron sus propios gritos. ¿Catarsis? Las risas y la despreocupación de la juventud habían quedado muy atrás.

El siguiente beso francés fue en el square Boucicaut, junto al Boulevard Raspail, aunque Reck escribió Boucicault.

Aquélla fue la noche de su cumpleaños y resultó que ella también había cumplido 32 años sólo un día antes, el 26 de junio. Mi senior, mi seniorita.

Lo celebraron en un restaurante alsaciano junto al teatro de l'Odéon y a ella el vino del Rin —el oro del Rin, como decía Reck— acabó subiéndosele a la cabeza. Entre risas y riesling, le contó que James Joyce prefería también el vino blanco, electricidad, según él, y le fue detallando los preferidos, el suizo Fendant de Sion, el francés Clos Saint Patrice...

Ella se prendó de los corpiños rojos y los grandes lazos negros en la cabeza de las camareras. También le gustaron los platos adornados con escenas rústicas de Alsacia. Pocos días después él le regaló *L'Ami Fritz* de Erckmann-Chatrian y un libro de estampas y caricaturas de Hansi.

Tras muchas deambulaciones es posible que volviera a cenar en aquel restaurante alsaciano, porque era de nuevo el 27 de junio, pero Reck sólo anotó en francés: *Un triste repas*. O quizá escribió reposo. Y a continuación, también en francés: *Ennuis*, penas. A menos que escribiera *Ennis*. De regreso al hotel recordó que, después de aquella cena regada con vino del Rin, Joyce y él habían visto en el carrefour de l'Odéon, casi desierto a aquellas horas, mear de pie a una vieja clocharde delgada y renegrida como una momia que acto seguido se limpió ágilmente con un rollo de papel higiénico rosa que desplegaba como una banderola. Saludaron con risas la micción cumplida, l'eau de l'Odéon… Entonces, para no desviarse del cauce y causa principales, le contó a su más bien puritana compatriota que la primera masturbación de James Joyce, retrato del onanista adolescente, tuvo lugar en el campo, tras oír mear tras unos arbustos a la criada que lo sacaba de paseo con sus hermanitos. Tal vez existió alguna «pipifanía» que fijaba la escena. Por cierto, James Joyce tuvo en París un loro llamado Pipi.

Reck regresó al hotel pasada medianoche y, tras prolongados timbrazos, le vino a abrir una mujeruca mayor con cara de pocos amigos que se volvió enseguida a la recepción a seguir refunfuñando al teléfono. Oyó que repetía varias veces : Salaud! Salaud! Tu es un vrai salaud, Pierre!

Reck decidió subir por la escalera, para evitar la opresión del angosto ascensor, y pese a eso soñó esa noche que viajaba tumbado en una pinaza negra por un río, el Sena presumiblemente, y de pronto la embarcación fúnebre era un féretro que se despeñaba por una cascada que se parecía a la del parque de Saint-Cloud. Recordaría luego que durante su primera visita a París fue con Joyce al parque de Saint-Cloud, a donde también había acudido James Joyce el día de su veintiún cumpleaños. También ellos fueron luego al teatro. Oh les beaux jours.

A la mañana siguiente estuvo añorando los buenos tiempos en los jardines del Luxembourg, por donde tanto le gustaba pasearse a su mujer. Ante los escaparates de la librería José Corti, en la rue de Médicis, recordó que un chiflado de Trieste llamado Corti le escribió en 1931 cartas a James Joyce amenazándolo de muerte.

Al pasar ante los cajones de los *bouquinistes* del Sena recordó que Joyce le había comprado allí aquella postal sepia de los tejados de París en un cuadrito negro y con la leyenda al pie escrita en tinta igualmente sepia: *Paris pour Paradis…* No sabían si era una cita de algún poema o mero reclamo pero la adoptaron como el motto feliz de París y de su paraíso. Ya no hay par…, escribió, quizás en abreviatura. La vista de la vieja postal estaba tomada probablemente desde Notre-Dame: en el borde izquierdo se distinguía un bulto oscuro de gárgola, a menos que fuera del jorobado…, bromearon alguna vez.

Fue luego a la rue Edmond-Valentin, entre las avenidas Rapp y Bosquet, en el 7ᵉ, donde él y su mujer vivieron en un ático durante un año sabático, en 1975. Él lo llamó su año sub-ático. Al pasar ante el número 7 siempre levantaba la cabeza hacia el último piso, el quinto: allí había vivido James Joyce desde el 1 de febrero de 1935 hasta el 15 de abril de 1939. Una plaquita de bronce junto a la puerta recuerda que el escritor argentino Ricardo Güiraldes murió en esa casa el 8 de octubre de 1927. ¿Vivirían en el mismo piso? Aunque Valery Larbaud fue amigo y promotor de ambos, lo más probable es que Joyce nunca oyera hablar de Güiraldes ni de *Don Segundo Sombra*. Ese título con mucha sombra le habría gustado.

Reck seguiría luego por la Avenue Bosquet para torcer a la izquierda por la rue de Grenelle hasta el Square Robiac, también en el 7ᵉ, donde Joyce tuvo su domicilio anterior, desde 1925. Su hogar más dulce, anotó, ahí en el tercer piso. Recordó a continuación que había fotografiado entre dos chaparrones a Joyce sentada en un banco frente a la casa, con un libro infantil de la condesa de Ségur sobre el regazo, *Après la pluie le beau temps*, que fingía leer aplicadamente marcando con el índice las líneas. Con precisión bibliomaniaca Mons consignó quizá la página y la línea indicadas: Ségur 95-20.

Desanduvo sus pasos por la Avenue Bosquet hasta el Pont de l'Alma y se dijo por escrito: cuántas veces no habremos contemplado Joyce y yo el Sena leonado desde este puente. Y medíamos la altura de las aguas alrededor del gigantesco Zuavo de aquel pilar del fondo. Ahora ni siquiera le llegan a la suela de las botas. Mirándolo, ¿pensaría Joyce alguna vez en la expresión *faire le zouave*, hacer el payaso?

Comió en la brasserie de la place de l'Alma en la que Joyce y él apreciaban especialmente las ostras. Chez Francis. En época de becas gordas. La vio entrar impetuosa, sacudiendo sus rizos cobrizos y un paraguas indomable. Après le parapluie, le déluge..., solía embromarla, cuando llegaba a su mesa. Dónde están las lluvias de antaño. *Europe après la pluie*, de Max Ernst, era la única pintura contemporánea que llegó a interesar a Joyce, y quizá por eso Reck quizá traspasó ese interés a su mujer, que por entonces preparaba un estudio sobre el pintor franco-alemán. La importancia de llamarse Ernst.

En un ensayo que Joyce dedicó a Mons, en la revista norteamericana *ArtNews*, se refiere también a las técnicas de fotomontaje de Ernst a propósito de los «Monstrages» de Mons y de su trabajo de ilustrador —o *iluminador*, como dice ella— de las *Epifanías*.

Entró una pareja de grandes burgueses orondos que le hizo recordar inevitablemente ciertas caricaturas de Grosz, el otro pintor contemporáneo que Joyce miraba con buenos ojos. Una dama consumida, con sombrero y abrigo pese al calor, lo estaba mirando entre sorbito y sorbito de su consomé. Apartó los ojos hacia la madama de opulento escote en uve que descubre sus ubres de cabra. Como le gustaban a Leopold Bloom y a su creador.

Regresó al hotel a dormir una breve siesta, a causa del calor, casi sevillano, quizás exageró. Tras darse una ducha, con resbalón, salió a recorrer las librerías de la rue des Écoles y alrededores. Estuvo luego bebiendo cerveza y tomando notas en la terraza de l'Écritoire, en la place de la Sorbonne. A su lado, alguien levantaba *Le Monde* como un muro. Leyó de soslayo los titulares.

Rwanda: l'énigme de la bête noire.

Cayó en la cuenta del error, qué fácilmente puede engañarnos el contexto. En vez de *bête noire*, decía, claro es, *boîte noire*. Podía ser un buen título de novela: *El enigma de la caja negra.* De Maurice Leblanc.

BOSNIE-HERZÉGOVINE, en otro titular, le hizo ver la transubstanciación del vino en sangre y no el dorado líquido de la archiduquesa que tanto le gustaba a Joyce.

Volvió a recorrer recuerdos, por la rue Racine, la place Saint-Sulpice…, hasta la encrucijada de Sèvres-Babylone, nombre que encantaba a su mujer, y se armó de valor —reconoció— para entrar en el bar del Hotel Lutétia. (A ella le gustaba su decoración art déco, particularmente los apliques. Y en el bar del Lutétia le presenté a Víctor Mons, cuya obra difundiría en Estados Unidos. Firmaba siempre con su nombre de soltera, Joyce Adam, que debía de gustarle especialmente a su marido porque más de una vez le oí presentarla como su «costilla de Adam».) Beber para recordar, escribió Reck, y la reveía en la penumbra a su lado robándole de vez en cuando un sorbo de su *bloody Molly*, como lo llamaba ella. En un primer momento, impulsivo, había tenido la ocurrencia de alojarse esta vez también en el Lutétia. En el hotel en que había pasado con Joyce la primera noche en París de su *pleine lune de miel*, escribió en francés. En el mismo hotel en que Joyce pasó sus dos últimos meses en París, del 15 de octubre al 23 de diciembre de 1939, precisó, antes de emprender su viaje de exilio y silencio finales. En la recepción del Lutétia no sabían nada de Mr. Joyce ni de cuál habría podido ser su habitación pero al verlos tan decepcionados les propusieron la 711, en la que el general De Gaulle pasó su noche de bodas. No picaban tan alto pero en otra habitación, dos pisos más abajo, alcanzaron su objetivo, *the goal*. Mi General…, lo saludaba ella, que no sabía aún que el Lutétia, durante la Ocupación, fue la sede del servicio de contraespionaje alemán. Luego, en el balcón, habían vuelto a besarse frente al square Boucicault. Reck volvió a añadirle una ele al square. Y escribió que sólo con la imaginación se atrevía a subir a su antigua habitación. Al abrir la puerta, la silueta de Joyce se recortaba en el claroscuro del balcón. Los muertos no vuelven, constató amargamente, y decidió salir a la noche presente.

Cenó con desgana en la Closerie des Lilas, sólo *bisque* y vino del Rin. *Power house*, anotó, más fluido eléctrico. Y recordó cuánto rieron Joyce y él repitiendo, en francés y en inglés, Joven, levántate y anda…, después de que le refiriera que en ese mismo restaurante James Joyce le habló a un joven irlandés llamado Power del poder de las palabras, en especial de las inglesas, y trató de convencerlo de la superioridad de la lengua inglesa sobre la francesa recurriendo a citas bíblicas en esos dos idiomas. «Jeune homme, je te le dis, lève-toi», mal pronunciaba Joyce con su acento yanqui tal vez demasiado alto, y el camarero creyó que se estaban disputando.

Reck siguió reviviendo otras épocas y bebiendo otras copas por Montparnasse. Desde la muerte de su mujer había vuelto a beber demasiado. Y a fumar. También abandonó el régimen dictatorial al que le había sometido Joyce en los últimos años para controlar su diabetes.

De regreso al hotel, en la esquina de la rue des Carmes con la place Maubert, le tentó la terraza animada del Village Ronsard y entró a tomarse el último trago.

Acodado a la barra, un barrigudo de su edad, en pantalón corto y con sandalias y calcetines, sostenía que un hombre no es viejo mientras no se crea viejo. ¿Pronto seré viejo? Joyce, de su misma edad, ya estaba en el otro mundo. Me siento viejo sin Joyce, concluyó.

Reconoció a la chica morena que escribía postales en la mesa vecina. La había visto por la mañana en el comedor del hotel, con el mismo vestido de rosas rojas, muy escotado en la espalda, en la que se podían contar todos sus huesos. Desayunaba sola y le encontró un aire alucinado, quizá por sus ojos oscuros muy abiertos, con Sylvia Beach, la dueña de la librería *Shakespeare and Company,* de la rue de l'Odéon, y primera editora de *Ulises. Les roses étaient toutes rouges*, recitó Reck el *vers* de Verlaine. Una rosa roja, en el vestido de su nuera, lo primero que vio James Joyce tras la décima o quizás undécima operación, de cataratas, en 1930. Una roja es una rosa…, aunque Miss Stein no fuera su Gertrude favorita.

También ella reconoció en el Ronsard al huésped solitario, antes incluso de que él le dirigiese la palabra. Empezaron hablando en francés pero pronto pasaron al alemán porque era suiza, de Basilea.

Atrajo enseguida su atención, sobre el velador, el cuaderno con el retrato de James Joyce, aunque ella no sabía quién era ese señor tan atildado que le recordó a un mago que actuaba en un hotel-balneario de Baden-Baden con el nombre de Mephisto.

(*Le carnet du Diable*, escribió Reck entre paréntesis, sin duda recordando el título de la opereta que James Joyce vio en Roma un domingo de comienzos de febrero de 1907 en compañía de Nora —encinta ya con Lucia— y de su hijo de dos años Giorgio. Y tal vez recordó además que unos once años después, en Zurich, los compañeros de colegio de Giorgio encontraron que su padre se parecía al diablo, y hasta la casera que tenían entonces lo llamaba «Herr Satan».)

Hablaron del diablo y del infierno, en los que ella creía, porque era católica, aunque no practicante. También creía que las almas de los muertos se comunican a veces con los vivos y contó que una tía suya de Basilea era médium. Y, sin darle importancia, añadió que a veces ella misma escribía de pronto y sin saber por qué, en cualquier sitio, frases que se le escapaban, como si alguien le llevara la mano. En algún caso incluso números, acaso fórmulas y ecuaciones que eran chino para ella, como le sucedió una noche del invierno pasado en el Hôtel Métropole de Bruselas. Había trabajado de camarera en buenos hoteles de Suiza, Bélgica y Alemania. Últimamente, en Francia, y mencionó el Hôtel Maison Rouge de Estrasburgo y el Hôtel Suisse de Niza.

Miró de nuevo con sus ojos dilatados el cuaderno con el retrato de Joyce y escribió rápidamente —con un bolígrafo negro marcado HÔTEL MÉTROPOLE en letras doradas, detalló Reck— en el paquete vacío de cigarrillos abandonado sobre el cenicero de su mesa. Una cajetilla de Player's, con una cabeza de marino barbudo en el centro de un salvavidas, y se la tendió luego a Reck.

Lo primero que leyó, en el interior garabateado de la cajetilla, con mayúsculas:

I WANT TO BE FRANK

No pudo disimular la turbación. ¿Cómo había adivinado su nombre?

Pero de inmediato surgieron las dudas y las interpretaciones. ¿Decía realmente en inglés quiero ser Frank o quiero ser franco?

Y a continuación, en letra menos clara, también en mayúsculas, a todas luces incongruente, en francés antiguo, el célebre lema de la abadía de Telema, haz lo que quieras: FAY CE QUE VOULDRAS.

Pero ella, se lo aseguró, nunca había leído a François Rabelais. ¿Frank, diminutivo anglificado de François para el más franco de los autores? Joyce fue comparado frecuentemente con Rabelais, por Valery Larbaud y Edmond Jaloux, entre otros, recordó Reck. Y quién sabe si un gato llamado François que Joyce tuvo en París, no era un alegato y alusión implícitos, ya que nunca reconoció su deuda con Master François e incluso llegó a afirmar que no lo había leído.

Y debajo del lema francés, una sola palabra inglesa: *Abadía*. Y también en inglés, debajo, como en un poema, quizás una alabanza o publicidad de esa marca de cigarrillos: *Excellent Players*. Y a renglón seguido, de nuevo en inglés, *Frantic sex*, sexo frenético, o tal vez ambiguamente *Frantic sack*, saqueo furioso o acaso saco o despido o cama o incluso el vino blanco que se importaba de España en los siglos XVI y XVII. ¿Vino peleón? Reck se inclinó por «saco furioso» porque a continuación decía en francés «La Bolsa o la vida». La camarera debía de estar habituada al chapurreo o popurrí babélico de los hoteles internacionales porque Reck creyó descifrar luego *Dime*, en español, a menos que no fuera la mínima moneda de 10 centavos norteamericana. Y después con urgencia repetida: *Presto presto*, en italiano, o quizá de nuevo en español, acaso ambiguo.

Ella lo seguía fijando ida con pupilas dilatadas y Reck le tendió como hipnotizado el cuaderno de Joyce abierto, con sus páginas en blanco. Fue llenando a vuela bolígrafo tres páginas, de hilillos azules como venas, una extraña estenografía (¿o «sternografía»?, hubiera podido decir, porque esas páginas misteriosas le recordaron algunos pasajes con garabatos filiformes del *Tristram Shandy*) en la que Reck reconoció con disimulada emoción algunas palabras sueltas en diversas lenguas. ¿Horribles fabulaciones? Comprendió que la pobre camarera no comprendía su propia escritura automática y Reck apenas pudo contener la impaciencia —el cuaderno de Joyce y el paquete de Player's le ardían en la mano—, se apresuró a pagar las consumiciones de ambos para retirarse al hotel a empezar con calma el desciframiento.

Cuando subían la rue des Carmes, hacia el hotel, él le jadeó que ella había adivinado clarividente su nombre. ¿De veras? Ella le dijo que se llamaba Augusta, y él, inmune ya al asombro, aceptó que el destino juega con maestría a las simetrías porque en un crematorio de Augusta, capital del estado de Maine, de donde Joyce era originaria, el cuerpo de su mujer voló en humo al cielo con el manuscrito de las epifanías que él había depositado en el féretro junto a ella como ofrenda mortuoria. Fue, además, su regalo de Reyes.

Reck pasó buena parte de la noche tratando de descifrar las patas de mosca y de hormiga o palinsectos del cuaderno de Joyce. También le recordaba a veces la escritura automática de George, la mujer de Yeats. Aunque James Joyce admiraba la poesía de Yeats, y en especial *A Vision*, y en su juventud leyó obras de ocultismo, se mantuvo escéptico ante las manifestaciones del más allá. «El único espíritu en el que creo es *l'esprit de l'escalier*», bromeó en la cena de su 46 cumpleaños, en París, cuando su amiga la librera Adrienne Monnier empezó a hablar de mesas giratorias y de los mensajes que ella y algunos amigos recibían de ciertos espíritus.

And yet, and Yeats... Y sin embargo... Reck recordó que Joyce le confesó a su mejor amigo de Zurich, el pintor Frank Budgen, que daba crédito a la teoría de ciertos ocultistas de que los pensamientos esenciales son indestructibles, como la materia, almacenados en algún receptáculo situado fuera del espacio y del tiempo al que puede acceder la mente en momentos privilegiados. La visión de Joyce coincide a veces con la de Yeats. Pero a Joyce le preocupaban más los oculistas que los ocultistas, concede Reck, con buen tino. *Borsch and tears*, añadió, aludiendo a la vez con una pizca de humor lagrimal al Dr. Borsch, un oftalmólogo de París que le practicó a Joyce varias operaciones, y a un popular restaurante seudo-ruso de Londres.

Joyce también creía a ojos cerrados en los poderes de clarividencia de su hija loca. Lucia la Vidente…

De sopetón volvió a examinar el paquete de Player's, presa de nuevas dudas.

Frantic sack, ese saco furioso, del juego de la Bolsa y la vida, ¿no era una alusión a Frantisek Schaurek, el cuñado checo de James Joyce, casado con su hermana Eileen, al que llamaban familiarmente Frank? Era empleado de banco en Trieste y se suicidó en 1926, levantándose la tapa de los sesos, al no poder devolver las sumas (unos setenta y cinco mil francos) que había ido sustrayendo de su banco. Esa abadía inglesa, *Abbey*, le pareció entonces a Reck, releyendo con cuidado, más bien *At bay*, acorralado. ¿Y no diría Excelentes pagadores, *Excellent Payers*, en vez de *Players*? El banco le había dado un mes de plazo para devolver el dinero. Pero ni James Joyce ni su hermano Stanislaus pudieron ayudarle entonces económicamente, aunque Eileen había telegrafiado a James anunciándole que Frantisek estaba arruinado, *Frank rovinato*, y le pedía que los salvara. ¿Su vida no valía un centavo? ¿Y ese haz lo que quieras era una cínica invitación al suicidio? Alguna vez Joyce se había enfadado con su cuñado, por ejemplo, en una fiesta de cumpleaños en Trieste.

Reck estaba hecho un mar de dudas, con su flujo y reflujo, un vasto océano, porque la duda baña toda la obra del irlandés. Éste reconoció, en una de sus raras efusiones, que la vida está suspendida en la duda como el mundo en el vacío.

¿Era realmente Schaurek ese Frank?

Relacionó entonces Fay y *Abbey*. ¡Frank Fay!, escribió con exclamaciones, uno de los dos hermanos actores, primero de la National Theatre Society y luego del Abbey Theatre de Dublín, sí, teatro de la Abadía, a los que Joyce llamó en un limerick «excelentes actores», tras una penosa borrachera en la que durmió la mona en uno de los corredores de su teatro, mientras ellos ensayaban, y así se explicaba lo de «Excellent Players». ¿Players?, volvió a dudar. Joyce fundó en Zurich durante la Primera Guerra Mundial una compañía de teatro, The English Players, o the Players, para abreviar, cuyo administrador también se llamaba Frank, Frank Gschwind, y Reck debió de sufrir un verdadero vértigo a vuela pluma porque escribió, incorrectamente, con su apresurada caligrafía, *Geschwindel*, vértigo veloz.

Presto presto, con sus dimes y diretes, y recordó el «Dimmi tutto, e presto presto» de la bellísima traducción al italiano del episodio de Anna Livia Plurabelle realizada por James Joyce en compañía del caro signor Frank, Nino Frank.

Ni no ni sí, sinuoso va y viene de insinuaciones insidiosas, hasta que de pronto Reck lo reconoció, vio destacarse la cara (¿triste?) del barbirrubio marino en el círculo central del paquete-laberinto de Player's y debió de gritar, ¡FRANK!, antes de escribirlo en mayúsculas, Frank, el marino al que renuncia en el último momento la apocada Eveline, en el cuento del mismo título de *Dubliners*, quedándose así descompuesta en el puerto y sin novio, tal vez para vestir santos en cualquier abadía en la que nunca se vestirá de blanco y encima habría de soportar sola al padre alcohólico. Y el sexo furioso se quedaría para el marino que tendría un amor y una nueva pedida y despedida en cada puerto. Tal vez James Joyce quiso ser secretamente ese marino de puerto en puerto franco: ¿no se llamó alguna vez the Ancient Mariner y no proyectaba escribir después de *Finnegans Wake* un libro muy sencillo, la mar de simple, sobre el mar siempre recomenzado?

Reck sintió que ya no hacía pie, que se estaba hundiendo de nuevo en el océano indicado de indicios y dudas, ¿y meditaciones erróneas?

Hacía calor y abrió de par en par la ventana: le llegaron ráfagas de una retransmisión deportiva y gritos. Bra-sil, Bra-sil… *It's not cricket*, y anotó además que el cricket fue el único deporte que le interesó realmente a James Joyce. Se acostó demasiado tarde, sin dejar de hacer cábalas, y pasó las pocas horas de sueño o más bien de pesadillas agitado con tormentas, tormentos y muertes. También Reck sentía pánico ante las tormentas eléctricas y se dijo que le preguntaría a Augusta si conocía en Basilea un hotel llamado *Tres Reyes*. Rayos, mejor, porque en ese hotel, una tormentosa tarde de agosto de 1937, a la hora del té con centellas, Joyce saltó de pronto y abandonó a sus invitados para irse a refugiar a su cuarto, quizás bajo la cama o en un armario.

Reck bajó al comedor pasadas las nueve de la mañana y no vio a Augusta. Después de desayunar, preguntó en la recepción y le informaron —aunque no se registró ni sabían su nombre ni apellido— que la mademoiselle de la habitación 34 se había ido definitivamente una hora antes.

Es fácil imaginar su turbación, la había perdido. Probablemente supuso que ella era la mina —o el lápiz incluso— inagotable que le iría descubriendo las vetas ocultas, las venas poéticas de las epifanías perdidas o tal vez sólo imaginadas y nunca escritas, las verdaderas epifanías sin fin.

Un paquete vacío de cigarrillos y tres páginas de taquigrafía automática casi indescifrable eran las muestras —¿gratuitas?— de un tesoro que desaparecía con la camarera que nunca llegaría a sospechar que fue la amanuense de Joyce.

No es fácil seguir todos los pasos —¿en falso la mayoría de las veces?— que dio Reck en París durante ese miércoles, casi de cenizas.

En Aux Deux Magots escribió además a varios colegas y amigos. A Jacques Aubert, a Lyon, diciéndole que le echó de menos en Sevilla e iba a comprar un nuevo ejemplar de su Joyce de la Pléiade. A Loni y David Hayman, explicándoles que probablemente esta vez no podría pasar a visitarlos en su residencia de verano en Maine. A Mons le envió un recorte que reproducía su retrato de Joyce. Ella había apreciado que él la pintara tocada graciosamente con boina y ese vestido moteado…, le aseguraba. Le escribió a su granja-estudio de Enfer (y singularizó las señas: Chemin d'Averne, sin ese), aunque se preguntaba por dónde andaría. Y a mí me decía que estaba en París, que inesperados y sensacionales hallazgos cambiaban su visión de las epifanías y que esperaba telefonearme pronto.

Llevaba consigo el cuaderno con los jeroglíficos que iba intentando descifrar en varios cafés del Barrio Latino, quizá con la secreta esperanza de encontrarse con Augusta. ¿Era absurda su búsqueda? ¿Irrisoria o ilusoria?

En el Cluny volvió a contemplar desalentado el clown con boina en la corbata del retrato de James Joyce.

En realidad al autor de *Ulises* le pareció horrible ese retrato de Jacques-Émile Blanche, de 1934, y sólo halló gracia a sus ojos casi ciegos la corbata. James Joyce y la estética de la corbata, un estudio por hacer. En su época de dandy en París, a partir de los años veinte, cuando escribía o tejía su sudario de Penélope subvencionado por la mecenas Miss Weaver, llegó a reunir una rica colección de corbatas. Y mientras posaba en París para el joven pintor irlandés Patrick Tuohy, en 1924, cuando éste le hablaba de lo importante que era para un artista captar el alma del retratado, Joyce le cortó en seco rogándole que se limitara a pintarle bien la corbata.

Abrió el cuaderno y entre la maraña de líneas tradujo o descifró, allí en el Cluny:

Clown. My crown for 1 livre. 10 francs. Tours de passe-passe-partout. Clown & clown. Casi hermanos siameses, inseparables, en ese viaje. Nous n'irons plus au Bois.

Sin duda Reck leyó mal Clown, se trata de Chown, un estudiante siamés que Joyce conoció en la Bibliothèque Sainte-Geneviève de París, en 1903, y con el que hizo una excursión a Tours —con los 10 francos que le prestó— que resultaría muy fructuosa porque en el quiosco de la estación de Tours compró un ejemplar de *Les lauriers sont coupés*, de Édouard Dujardin, que le abrió las puertas o compuertas del monólogo interior. No consta, sin embargo, que Joyce hiciera excursiones al Bois de Boulogne con Chown.

El siguiente pasaje, tan multilingüe como equívoco, posiblemente lo descifró Reck en el mismo café:

La Maison des Amis. I want to be frank [¡De nuevo la cantinela!] Der Mensch ist Gut. No es bueno que el hombre bueno esté solo. El viejo patriarca tambaleante a la puerta, borracho entre las dos *filles* con boas de plumas, que le mesan las barbas. Oui, mes poules. Noé d'Odéon.

El profesor Reck dudaba si esta escena estaba situada realmente en la rue de l'Odéon, quizás a la puerta de la librería *La Maison des Amis des Livres* de Adrienne Monnier, o en el café Odéon de Zurich, que Joyce frecuentaba.

París era un palimpsesto de evocaciones, sobre todo de Joyce en relación con Joyce, un laberinto no menos intrincado que el del cuaderno que se esforzaba en recorrer. Sentado en una grada de las Arènes de Lutèce, detrás de la rue Monge, creyó seguir correctamente algunas palabras erráticas:

Piedras y piezas movedizas. Guijarros. Obelriscos---. En el laborinto sin fondos. Bottoms up! Cul sec de sac! ¡Salud! Túnel al final del tonel. Tejer hilos de luciérnaga. Turcomano que teje arco iris inflamado. Weber & Weaver. Triste tramador. Sob…sobrio. ¿Oberond ou negro onagro? Tintania china. Noche al final del túnel. Lucicécité.

Reck interpreta este pasaje como una reminiscencia del juego llamado «Le Labyrinthe» que Joyce compró en la tienda de Franz Karl Weber, en la Bahnhofstrasse de Zurich, y al que solía jugar por las noches con su hija Lucia en la época en que preparaba el capítulo de «Las rocas errantes» de *Ulises*. Asocia los nombres del comerciante Weber y de su futura benefactora Miss Weaver (ambos apellidos significan tejedor) con Bottom el Tejedor de *El sueño de una noche de verano*. Miss Weaver, una cuáquera, estaba permanentemente preocupada con los problemas de alcohol —y oculares— de Joyce. Éste, en una carta del 9 de noviembre de 1927, le cuenta que tuvo un sueño en el que un turco tejía en un bazar con madejas de colores del arco iris.

Es posible que ese miércoles Reck visitara el cementerio del Père-Lachaise, porque anotó en un francignol de dudoso gusto:

¿El que se fue a Sevilla perd la chaise? Losas y glosas. Cryptes à décrypter… Père Goriot, ¿dónde?

En cualquier caso sus transcripciones se ensombrecen, se vuelven aún más confusas, entre tumbas y losas sepulcrales.

Lápida negra bien labrada al cincel, transcribe. Moi seul aussi, Frau Meissel. Mausoleo triste. También yo ciervo medroso. (Clara alusión a la esposa suicida de Filippo Meissel, Ada Hirsch Meissel. Joyce visitó con éste la tumba en el cementerio de Trieste un día de otoño de 1912.)

Los suicidas de la vida y de la literatura se mezclan en las líneas enrevesadas del cuaderno:

Acólito sin cura para su propia misa fúnebre. Ite messia est... Ungido del Señor. El primero. Ur-Bloom. Bloom úr. Zombie de Szombathely. Ur-ur-gente. Siluetas, letales. ¿Capucha de monje? Atónito. Apurar el cáliz hasta... ¡A tu cicuta! Si es posible que pase... Acónito. Mueca amarilla.

Rememoración del padre de Leopold Bloom, de origen húngaro, que cambió su apellido de Virag por el de Bloom y se suicidó con acónito en el Queen's Hotel de Ennis el 27 de junio de 1886. (Ayer fue nuestro aniversario, recordó Reck.)

¿No levantar la tapa? Suicida que se levantó la tapa de los sesos. Y a continuación transcribe en alemán «¡Espectáculo horrible!», *Schaurig!*, o más probablemente *Schaurek!*, el apellido del cuñado checo de Joyce.

Reck sospecha que su suicidio debió de impresionar especialmente a Joyce (Schaurek sobrevivió 26 horas, inconsciente, al disparo fatal) y además le debió de dejar mala conciencia porque no pudo ayudar a su hermana Eileen cuando ésta le envió un SOS desde Dublín («Salveci!», sálvanos) e incluso no tuvo el valor de darle la noticia de que Schaurek se había suicidado, cuando ella estaba de paso en París para regresar a Trieste. Como en otras ocasiones, el papel ingrato le tocó al otro hermano, Stanislaus. Eileen se negó a aceptar la muerte del marido y mandó abrir el féretro.

Reck seguía dando vueltas en el séptimo círculo porque transcribió luego una alusión al pintor Patrick Tuohy, que se suicidó en Nueva York en 1930:

C'è calco di tuo in quella brutta faccia. New Work in New York. Specktrickular mask. Death is also a funky facepainter. (Hay algo y calco tuyo en esa cara de mal aspecto. Nuevo trabajo en Nueva York. Máscara espectracular con truco. La muerte es también un genial —¿o fétido?— pintacaras.) *Funny facepainter*, le llamó Joyce a Tuohy en un limerick que escribió en 1927. Es posible que haya también una alusión a Paul Speck, el escultor de Zurich que realizó la mascarilla mortuoria de James Joyce.

Reck se pone luego dantesco y transcribe: Hombres fuimos y no somos más que mala maleza. Arbustos parlantes. Troncos roncos. Laureles loros. Pierres des vignes sauvages. Quizás en alusión al poeta suicida Pierre des Vignes, que aparece en el Canto XIII del *Inferno*. En 1933 un tal Dr. Vignes trató a Lucia Joyce de sus trastornos mentales y para hacer honor a su nombre le recomendó beber vino en las comidas. Y no deja de ser una paradoja, de parra, para alguien tan aficionado al vino, que Joyce viviera en la rue des Vignes de abril a agosto de 1939. Fue, en realidad, su último domicilio parisiense.

Las alusiones se enmarañan en ese bosque de los suicidas, con una trinchera de guerra que se refiere a Trench, el modelo de Haines en *Ulises* que tenía pesadillas de panteras, que espantaba a tiros, y también acabó suicidándose de un tiro en la cabeza. Y luego, la muerte por agua en el lecho del Támesis, tumba de Cosgrave, que recibe en *Ulises* el nombre de Lynch; pero a pesar de la profecía de Stephen, *Et laqueo se suspendit*, no murió ahorcado sino ahogado, en 1926, tal vez tras ahogar las penas en alcohol.

El sol negro de la melancolía, caresse triste, junto a una cruz, era un memento o monumento al editor de The Black Sun Press, Harry Crosby, que publicó un fragmento de *Finnegans Wake* y se suicidó en Nueva York el 10 de diciembre de 1929. Joyce envió poco después un telegrama de pésame a su mujer, Caresse.

En ese cementerio del cuaderno de Joyce aparecía un Angelo sfortunato, embozado en sus propias alas como con una capa, que era otro editor, el italiano Angelo Fortunato Formiggini, al que Joyce le propuso sin éxito la reunión en libro de sus 9 artículos en italiano publicados en el *Piccolo della Sera* de Trieste. Formiggini, socialista y judío, se suicidó en 1938 cuando se implantaron las leyes racistas en Italia.

Reck solía fumar cigarrillos norteamericanos de su región natal, Virginia; pero tal vez influido por su obsesión compró una cajetilla de Player's, English Player's, subrayó, en un Bar-Tabac de la rue du Cardinal Lemoine (recordando la repugnancia de su mujer al tabaco, anotó: Joyce no diría que es humo de rosas) y fumando sentado en la terraza siguió sus desciframientos:

Ni no ni sí. En el centro de la bifurcaución *(sic)*. O tal vez escribió «bifurcanción». Porque a renglón seguido anotó en francés: Primavera o verano, yo no soy el que se piensa. Reck cree que es una alusión evidente a Nino Frank, que consiguió que Joyce figurara en el consejo editorial de la revista francesa *Bifur*. Nino Frank le regaló además un disco con algunas canciones de la opereta *Trois valses*, en el que Yvonne Printemps cantaba *Je ne suis pas ce que l'on pense*, canción que hizo las delicias y malicias de Joyce.

En realidad Reck quizá estaba realizando un test proyectivo, leía sus propias reminiscencias y obsesiones a través de dudosas palabras de más que dudosa interpretación. O tal vez estaba intentando rehacer sus *Epifanías sin fin* por otros medios. *Epis fânés*, de su propia cosecha, mieses agostadas. Reck se refiere, de nuevo con ideas fúnebres, a la momificación del momento. Fijar lo efímero, escribe en francés, y lo firma con sus iniciales: F.M.R.

Reconstruyó aún otra efemérides:

Canette. Kanne blanche. Noces de canaille. ¡Han olvidado el vino! Noise de Sion… Gritos destemplados de pavos reales. Otra ronda. Otros accidentes. De nuevo, viraje. Wiederkehr. Otra vuelta. Devino peligrosa. De la vida a la muerte. Triste la rehíce. Todos los vía crucis llevan a Zurich. Otro viraje. Prince de gale, en su deportivo. Borach und Krach! Choque mortal. Coche mortuorio. Alfa Romeo y Omega.

Pasaje referente a un antiguo alumno y querido amigo de Joyce, de Zurich, Georges Borach, que se mató conduciendo un auto deportivo el 13 de marzo, un Viernes Santo, de 1934. Pocos días después Joyce pasó en auto por el lugar del accidente en un viaje de Monte Carlo a Zurich. Hay también una referencia al Pfauen Café de Zurich, que Borach frecuentaba en compañía de Joyce, y al Fendant de Sion, el vino de la casa, que suministraba otro antiguo alumno y amigo de Joyce, Paul Wiederkehr.

La última transcripción, insiste:

Le 13 revient. Deus ex macchina. Partire è un pò morire. Guarda in Treviso la morte. Le ossa rotte, Ettore. Senza perdere l'autocoscienza. Una vita no vale una cicca. R.I.P. Ultima sigla retta.

(Vuelve el 13. Destino del automóvil. Partir es morir un poco. Mira de frente a la muerte en Treviso. Los huesos rotos, Ettore. Sin perder la autoconciencia. Una vida no vale nada. R.I.P. Última sigla recta.)

Ettore Schmidt, alias Italo Svevo, el autor de *La Coscienza di Zeno*, alumno y amigo de Joyce en Trieste, tuvo un accidente de automóvil cerca de Treviso el 13 de setiembre de 1928 de resultas del que murió poco después.

Al pasar frente al restaurante Balzar, en la rue des Écoles, Reck piensa en Balzac y anota *Fuge… Late… Tace,* el motto que Joyce tomó de *Le médecin de campagne* y tradujo como silencio, exilio y astucia. Reck dudó si pasar antes de comer a buscar esa novela. ¿Balzar o Balzac? Comer antes, decide. Primum vívere. Pasar al otro lado después. Joyce, et Compagnie..., es posible que se refiera a la librería Compagnie al otro lado de la calle.

(La escuela de Joyce frente a la de Proust, anotó luego entre paréntesis, en probable referencia a la École Berlitz, sobre la librería Compagnie, y casi frente al Cours Marcel Proust en el edificio contiguo al del restaurante Balzar.)

Pidió un filete de hígado y borgoña, un Meursault tinto que Joyce llamaría con repugnancia bistec líquido, pero que también paladearía con gusto Leopold Bloom. Aún un trago, y añadió en francés, *pour que tout soit consommé.*

Beber más de la cuenta, constata, un penoso ocaso clínico. ¿O cínico?

Y fumó un cigarrillo tras otro sin dejar de pensar que su mujer encontraría repugnante ese aroma dulzón. No es precisamente humo de rosas, le decía, y él recordaba indefectiblemente que James Joyce fumó una vez un cigarrillo de pétalos de rosa que le ofreció una alumna adolescente de Trieste. Emmanaciones ocultas. En realidad su mujer le reprochó en un momento de disputa, durante un verano en la casa de los padres de Reck, en Virginia, cerca de la bahía de Chesapeake, que él le hubiese contado muchos más detalles de la vida de James Joyce que de la suya.

Reck acercó la cajetilla de Player's a los ojos y creyó descifrar, en letras blancas sobre la gorra azul del marino: NEMO. Era entonces, de algún modo Ulises, el héroe favorito de Joyce. ¿O decía en la gorra héroe, HERO? Muchas dudas para tan pocas letras. Much Ado About Nothing... Volvió a examinar la cajetilla y copió, acaso con nostalgia, FINEST VIRGINIA. Pero también anotó a continuación perjudica gravemente a la salud, NUIT GRAVEMENT À LA SAINTE, se equivocó, santa en vez de SANTÉ. Joyce, su mujer, habría asentido riendo.

Mar verdiblanco tras el busto del marino.

Recordó por escrito que de niño corría por la playa al atardecer imitando los gritos de las gaviotas.

FINEST VIRGINIA. U.S.

Lo último que escribió en el cuaderno de Joyce.

A eso de las dos de la tarde los testigos lo vieron mirar a derecha e izquierda, repetidas veces, como si estuviera buscando a alguien o quizá tratando de huir de alguien, a la puerta del restaurante, antes de empezar a cruzar a paso muy rápido la rue des Écoles sin poder esquivar el taxi que se le vino encima.

Recobró el conocimiento al cabo de pocas horas, en el Hospital Cochin, y el pronóstico parecía esperanzador, hasta que cuatro días más tarde volvió a caer inesperadamente en un coma profundo del que ya no se despertó. Cuando lo visité dos días después del atropello, estaba muy deprimido y como ausente, pero sonrió irónico cuando le recordé que estaba en el mismo hospital en que James Joyce visitó a Samuel Beckett, apuñalado por un clochard, en enero de 1938.

Me pregunto aún por qué me dejó, en un sobre a mi nombre que dictó a una enfermera, el cuaderno de Joyce. Tal vez porque hablamos de sus *Epifanías sin fin* en Dublín, Monte Carlo y Sevilla. O porque supuso que trataría de descifrarlo y cribarlo.

P.S. 18 de marzo de 1995. Al pasar esta mañana ante el hotel de la rue des Carmes, recordé especialmente a Reck tras leer la pancarta en la puerta:

Hôtel Fermé pour TRAVAUX
RÉNOVATIONS

¿Renovarse o morir?

Me senté en el Ronsard, frente a los tenderetes del mercado del sábado de la place Maubert, y volví a barajar mis ajadas hipótesis. ¿Accidente, suicidio? ¿Reckless, atolondrado? ¿De verdad no sabía Reck que casi en ese mismo sitio, y casi a la misma hora, catorce años y pico antes, el crítico francés Roland Barthes fue atropellado por una furgoneta? ¿Quién escribió o dictó de verdad esas páginas sismográficas que desencadenaron las interpretaciones o los delirios de Reck? Tal vez contagiosos, porque a cada nueva lectura surgen nuevas hipótesis. Cuaderno de cuentas o de cuentos que se multiplican.

P.P.S. 30 de agosto de 1997. Hablando en Chez Francis con Mons y el editor suizo de arte y ferviente joyceano Max Herz sobre la posibilidad de una edición de bibliofilia del cuaderno de Joyce, bajo el título *París por Paraíso*, este último comentó que le chocaba que el profesor Reck no hubiese caído en la cuenta de que el pintor Frank Budgen, el amigo de James Joyce en Zurich, había servido de modelo para el marino representado en el paquete de cigarrillos Player. También cree Herz que las últimas letras del cuaderno de Joyce, después de FINEST VIRGINIA, U.S., no significaban Estados Unidos, sino que aludían a la «ultima sigaretta» de *La coscienza di Zeno* y al cigarrillo último de su autor. Último Svevo… Hipótesis que abren nuevas dudas e hipótesis. Sin duda no serán las últimas.

VIII
CORRIDA EN BERLÍN

1

Adalbert Stock remedaba o remataba sus imágenes
tirando estocadas con la pluma, y a veces con la pipa, en el
redondel de una mesa de café. Cuando se exaltaba medio
incorporándose y retorciendo sus manos, engarfiadas por
la artrosis, al intentar explicar las figuras y pases sui generis
de su corrida, no podía por menos de reverlo como lo
representó Mons: un minotauro barbudo que se revuelve
clavándose las banderillas en lo alto de la espalda. Minotauro premonitorio o acaso meramente paráfrasis de una
arriesgada afirmación de Stock: el pintor —¿se refería sólo
al tauromáquico?— ha de ser torero y toro. Si no matador,
había sido ayudante de matarife en la época —de vacas fla-
cas— de la posguerra, en Düsseldorf, para poder seguir sus
estudios de bellas artes. La sola vista de unas piezas de car-
nicería de Rembrandt o de Soutine, aseguraba, aún le revol-
vía las tripas. Y se quedó perplejo al enterarse de que en
español matar a una res en el matadero se dice sacrificar.
Tal vez se veía, en aquel mandilón sanguinolento, como un
sacerdote demasiado novicio aún para darse cuenta de que

acababa de participar en un rito. Otra palabrita, rito…, que volvía en un ritornelo, con un rictus de irritación. Algunas imágenes del matadero aquel de Düsseldorf, explicaba, envueltas permanentemente en el olor de la sangre, eran más persistentes en su memoria que todas las de las tauromaquias de Goya y de Picasso que no se cansaba de admirar y pretendía incluso emular.

El lance de la verónica, le proponíamos para empezar, y esperar a pie firme la acometida del toro —Mons desplegaba el periódico sueco de Stock— con la capa abierta con las dos manos. Pero Stock seguía su orden y reglamentos propios.

Mira, dijo, mira cómo lo empuña (mirándose el arma invisible en su puño alzado antes de añadir: ¿cómo lo llamas? ¿*puntilla?*), ya a punto de asestar el golpe definitivo, así, dijo asintiendo, y entonces descargó seco y tajante su puño sobre el mantel de papel, todo garabateado y con aros de vino, y volvió a mirar el fondo de su vaso como si dudase de que estuviera vacío, hasta deslizar la mirada por la cristalera empañada y el revuelto río nocturno de paraguas y siluetas fugaces de Potsdamer Strasse, a las cinco de la tarde, que ya se le antojarían terribles, para repetir en su español: ¿cómo lo llamas? ¿*Puntil-la?*

Estábamos aquella tarde de tormentas, de todos los santos o santabárbaras, de nuevo en el café Strada —su local predilecto en Berlín— e intentaba explicarle a Mons por vez primera los muy rudimentarios esbozos, improvisados algunos sobre el mantel, para esa imposible tauromaquia de sueño o de pesadilla, *Oniromaquia (sic)*, llegó a llamarla, que le venía obsesionando en las últimas semanas. Empezaría por el final y, parece ser, la puntilla vendría a rematar o bordar la primera imagen del primer toro. La puntilla remedia la mala ejecución del matador, dijo puntilloso. La puntilla o el arte de rematar, creí oírle añadir entre dientes, y volvió a empuñar el arma invisible.

Berlín es una buena plaza para una tauromaquia, apuntilló Mons no sin una punta —seca— de ironía.

Y sobre todo el café Strada…, traté de explicarles, porque ninguno de los dos había oído hablar de un torero de los años 40 llamado Estrada.

Paradójicamente, Stock nunca había asistido a una corrida de toros, pese a sus muchos años de residencia en España, allá por las décadas de los años cincuenta y sesenta principalmente. Ese pasado español originó la propuesta de la tauromaquia. Una pareja muy joven de estilistas acababa de convertir su salón de belleza en Knesebeckstrasse, *Adamo & Ewa*, en galería de arte. Lo habían inaugurado exitosamente con un olvidado pintor ruso postsuprematista recién fallecido, que se había adelantado a los minimalistas y al movimiento Fluxus. Estaban convencidos de que había llegado el momento justo de descubrir al expatriado Stock. Lo más probable es que al principio Stock aceptara realizar esos dibujos y grabados taurinos por razones mas crematísticas que «cromatísticas», aunque no desdeñaba del todo el color local español y solía especiar la conversación con exclamaciones y tacos españoles acentuados con rotundidad teutónica.

Pretendíamos echarle una mano y en el café Strada le enseñábamos al alimón el abecé del equívoco vocabulario taurino. También a Stock le llamaba la atención que casi todas las palabras de la fiesta nacional fueran dobles. *Corrida* designaba tanto la de toros como la eyaculación. *Puntilla*, a la vez, puñal y encaje. *Verdugo*, el estoque del descabello y el ejecutor de las penas de muerte. *Muleta*, de torero y de cojo.

Mons seguía con su mini-toreo (¿monitoreo?) de salón o de café tratando de hacer el pase de muleta llamado *natural*, en el que el trapo rojo con su palo es sostenido con la mano izquierda, le explicaba Mons, sin ayuda de la espada, de forma tan natural como Stock alargaba su diestra de diestro al pintar, hasta conseguir que el toro pasase lo más cerca posible. Y nos demoramos especialmente en los pases de capa, la larga, de la mariposa, la verónica, e insistíamos sobre ese pase fundamental con el hermoso nombre de la piadosa mujer que enjugó e imprimió en su fazoleto la santa Faz, Verónica…, y esperábamos verla entrar en el Strada de un momento a otro.

Stock se aferraba aún a su cuchillo del sacrificio: Mira, había insistido, arrastrando aún más la erre, la puntilla crece en el puño, y hacía aparecer entre el índice y el pulgar la boquilla de su pipa; es tallo y estalla…, añadió descargando de nuevo un puñetazo en la mesa. *Herr Puntil-la…*, hubiera debido apodarlo. La puntilla se pone tiesa de muerte, seguía embalado, erecta si acierta, casi eructa. ¿Arriesgaba la hipótesis fálica? Pese a nuestras instrucciones chovinistas, pretendía pintar una danza o ballet de la muerte, dijo, que no se limitara al círculo folklórico de una nación. Y luego se puso a divagar sobre el sacrificio de Abraham, el «Schachter», le llamó, y los matarifes o sacrificadores judíos, mezclando el toro con la Tora, el gallo de la expiación con Rafael el Gallo y el toro de Mitra, vaya un culto, que le arrancó un Olé Bull!, y el burro crucificado de ciertos grafitti romanos, todo un batiburrillo del «coq à l'âne» seguramente entresacado de sus lecturas a salto de mata o de matador (lo veíamos con frecuencia hojeando libros en la pequeña librería contigua al Strada) y de una pesadilla reciente. En la oscuridad distinguía dos manos y en una —la diestra— fulguraba la hoja como una llama. En un relampagueo lograba ver las puntas de dos cuernos afiladas como clavos. El cuchillo del sacrificio venía a cobrarse una víctima y a propiciar una terrible premonición. La puntilla que Stock pretendía pintar brotaba del puño a borbotones de sangre.

2

Esa tarde de tormenta en el Strada quizá ya nos habló del toro del sacrificio, del toro crucificado. La idea le vino, dijo, de una tabla renegrida con dos largos clavos salientes en alto, como dos cuernos, que había recogido de un contenedor ante el mercado de Steinmetzstrasse, cerca de su casa. Se llevó esa cabeza de toro «trouvée» a su cuarto, como un trofeo, y a veces, como para demostrarse la utilidad del ornamento o cornamenta, colgaba de los clavos una chaqueta o el abrigo. ¡Por los clavos de Cristo!, otra expresión española añeja que utilizaba de vez en cuando. Para mejorar el parecido con la cabeza de toro, pintó bajo los clavos —negro sobre negro— un triángulo invertido. ¿Isósceles corniveleto? El triángulo o ménage à trois quizá de la tauromaquia: Toro, torero y muerte.

Mons seguía desconcertado las explicaciones ilustradas de Stock. Mira, decía garabateando sobre el mantel, las astas y la testa del toro componen ya la tau. (Tauromáquica cruz…) Y rayaba con rabia el papel tratando de reproducir la imagen embrollada del crucificado (¿Cristoro?, llegó a decir) que salía del ovillo-laberinto de su pesadilla, de un ruedo negro. Hilos de un novillo negro, madeja de noche. Acababa echando borrones, sobre todo de tinto.

Por entonces bebía más que nunca y mientras explicaba su descabellada tauromaquia en tau, a las taurinas cinco de la tarde, iba por su tercer litro de vino. Una jarra de medio litro de burdeos, cada tres cuartos de hora, era su clepsidra. Se pasaba las horas muertas en el Strada, donde no le pesaría tanto la soledad como en su cuartucho alquilado en una desconchada casa de citas detrás de Potsdamer Strasse. Tal vez conoció ahí a la rubita casi adolescente que venía a sentarse a su mesa del Strada, al fondo junto al ventanal, a primeras horas de la tarde. El corpulento barbudo de alborotadas guedejas blancas adoctrinando ad hoc a la escuálida rubia de lacia melena sobre el ojo izquierdo que semisonreía enigmática. ¿Era ella la Ariadna del Minotauro-Cristo? ¿O la Verónica? Veronika se quedó —y no parecía sentarle mal—, por ese pelo-velo a lo Veronica Lake. Aunque se llamaba realmente Ute. Y el pelo sobre el ojo no era mero remedo retro o coquetería, descubriríamos algo después. Ella posó para Mons, con el permiso a regañadientes de Stock, con el pelo recogido bajo un sombrero de copa negro (una culebrilla en el centro pintada con spray blanco) y su real ojo izquierdo velado por una nube: *Nefertiti de Berlín*.

Que Veronika o Ute-Nefertiti fuese musa de Mons despertó —quizá además de los celos— cierta emulación en Stock. Y ella empezó a aparecer como imagen o icono frágil en su tauromaquia bárbara. Así, en un dibujo a la aguada, el grácil torero de blanco que hace el brindis levantando su montera invertida como una copa, inspirado en la estatua de Baco de Jacopo Sansovino (in Sansovino veritas!) y en la fina silueta de Ute, apostada en su esquina peligrosa cada noche. Este capricho tauromáquico, o más bien taurobáquico, contrastaba con otras escenas más violentas, como aquella en la que la Maja-Veronika del pelo sobre la cara y alta peineta intentaba rechazar o tomar por los cuernos al toro medio encaramado sobre el tendido.

3

La mesa de café era el centro del universo de Stock y apenas se alejaba de ella, a no ser para cruzar la calle a comprar enfrente un diario de Göteborg (en el que su única hija publicaba una crónica económica que él leía con más devoción que comprensión) o a buscar algún libro en la librería contigua, que subrayaría abundantemente. Y ya muy tarde, cuando esperaba quizá ver a Ute, se apostaba al pie del Türkischer Basar o en algún *Imbiss* de la zona vigilando la noche desde su alto taburete y haciendo que comía con apetito su salchicha inacabable. Pero solía volver decepcionado a su sitio fijo, en el Strada, para esperar la hora del cierre y de encerrarse solo en su cuarto de mala muerte.

Mira, su muletilla, para mostrarnos otra noche la muleta y el toro o, mejor dicho, el toro con muletas que había salido rengo a la arena, cayéndose a ratos, castigado en demasía por el picador o tal vez por los sacos terreros, entre gritos y pitidos, hasta que un pase de pecho, en un gráfico gesto de la mano izquierda de Stock, que había empezado a aprender los rudimentos de la fiesta, encaramaba al toro tullido en tan útiles ayudas. Cuando cojo, cojo..., dijo Mons, pero no creo que Stock cogiera la alusión, buen pie para un toro que embiste con muletas.

Cogida de imágenes corridas, mestizaje de muletas, ortopedia taurina. Y un largo etcétera de epítetos a tientas. Stock parecía complacido al ver que nos había impresionado —o al menos sorprendido— con tal imagen claudicante. Y ante ese toro cojuelo, ¿ehe?, caería al fin en la cuenta de que había visto por vez primera a la Veronika del pelo suelto muchas noches atrás en una esquina de la Ku'damm con la Uhlandstrasse, mientras conducía gentil y afectuosamente del brazo a un cojo de edad madura (y fue esa solicitud de ella, en traje blanco de esquiadora, inclinándose deferente hacia el hombrecillo de gabardina oscura, lo que atrajo mi curiosidad) y lo ayudaba a subir las escaleras alfombradas de aquella casa en la que relucía el neón del restaurante *Papillon* y un mutilado *Ein bit bitte!*, envite que podría llevarnos a un pase de la mariposa en el que posa a veces la muerte. Muletas, lentas, muleta letal al fin para avanzar hacia la muerte en ese momento supremo que se estira en hora de la verdad. Y mientras el pintor ofrecía su muleta-metáfora, apoyaba una axila en el respaldo de su silla, a punto de desarrollar la arrolladora embestida del toro apuntalado.

4

Stock acumulaba las asociaciones en su corrida barroca, vangogh-goyesca. Durante la fase Van Gogh aferraba continuamente con su mano engarfiada un libro de las cartas de Van Gogh a su hermano Theo como si fuese su devocionario. Era también en cierto modo su *Summa Theo-logica*. Oigan lo que dice a Theo: En mi trabajo arriesgo la vida y la razón... Subrayaba a pluma múltiples pasajes. Escribía notas y comentarios en el margen. Y a veces hasta se entusiasmaba: «¡Bravo Vincent!» «¡Convicente!» Sostenía entre bromas y veras que Van Gogh se cortó la oreja en un arranque torero de bravura y generosidad, como imitación tauromáquica. Si una oreja del toro es el premio a una actuación excelente del torero, el pintor —que es en el ruedo de su tela blanca torero y toro a la vez— se premiaba también su actuación demostrando de paso arrojo. En ese caso, le decía Mons, Van Gogh debió cortarse las dos orejas. Para no hablar del rabo... Pero Stock se empeñaba en que Van

Gogh se cortó la oreja por influencia o mimetismo taurinos. Y le parecía significativo que ese mismo mes de diciembre de 1888 en que Van Gogh se cortó la oreja en Arles, hubiese pintado una tauromaquia, *Les Arènes d'Arles*, que está ahora en el Ermitage de San Petersburgo. La oreja cortada era a la vez, creía, ofrenda y sacrificio. Por eso se la ofreció a Rachel, una prostituta y quizás única amiga de Arles. Como oro en paño. Lavada y envuelta en un pañuelo. Lo que no impidió que a Rachel le diera un soponcio al encontrarse con tal regalo de Navidad.

Por entonces apareció una macabra noticia en la prensa berlinesa que aumentó la obsesión de Stock: un emigrante serbio fue detenido por la policía alemana cuando trataba de vender en el rastrillo de Nollendorfplatz orejas humanas, presumiblemente de víctimas bosnias, convertidas en amuletos y llaveros. A 40 marcos la pieza.

Stock estaba dispuesto a perdonar al Dr. Félix Rey, que atendió al pintor desorejado en el hospital de Arles, que hubiese utilizado para tapar un agujero de su gallinero, durante años, el retrato que le hizo Van Gogh (ahora en el Museo Puchskin de Moscú) porque el buen doctor había guardado la oreja de su paciente, o más bien el pedazo de oreja, en un bocal. Desgraciadamente, meses después un sustituto tiró a la basura esa reliquia histórica.

Stock dibujó una oreja en un frasco (¿trataba de reponerla?) que parecía más bien un feto encogido. Sin duda se iba gestando su obsesión.

Una tarde de fines de diciembre apareció en el Strada con un vendaje sobre la sien y oreja derechas. Con ese vendaje, y la pipa, era evidente que trataba de copiar uno de los autorretratos de Van Gogh. Pintados sin duda ante el espejo, porque el pintor se había cortado realmente el lóbulo de la oreja izquierda. ¡¿La izquierda?!, se extraño Stock, con un gesto de dolor. El error o inexactitud debió de mortificarlo. Stock aguantó estoico las pullas y dijo, sin darle mayor importancia, que la madrugada anterior se vio metido a la fuerza en una pelea en un garito de Potsdamer Strasse. Ute-Veronika, que pasaba de vez en cuando por el estudio de Mons, confirmaría lo de la pelea pero añadió el epílogo: cuando ella intentaba hacer unas tiras, para vendarlo, Stock le arrancó las tijeras e intentó cortarse la oreja magullada. Por suerte, estaba tan borracho, que apenas se hizo unos cortes superficiales. ¿La oreja como moneda de cambio? ¿En sustitución de otra prenda, de las que más duelen?

La tauromaquia de Stock se metamorfoseaba con toques y estoques entre estéticos y míticos. Penetraba en otro coso de su corrida, tras el toro de los huevos de oro, así lo llamó, el toro-escroto que se convertía en la bolsa de la vida. Dos mingas tiesas por pitones ofrecía tal minotauro o más bien mingotauro. No necesitaba recurrir a la mitología ni a la mera biología (¿cuántas pasifaes, cuántas europas, cuántas bacantes podría cubrir un buen toro?) para representar en sugerente torografía a la bestia que encarna la virilidad y la potencia sexual. Hay que coger al toro por los cuernos embolados, y sonreía mirando malévolo a Veronika, que probablemente no conocía tamaña expresión. Los cuernos de la abundancia, se podría añadir, si no fuera porque ese toro hiperbólico era como una aparición incongruente, quizás el fantasma de la temida castración. ¿Tragicomedia de capa y espada?

5

Ponerse el mundo por montera... —¿o decía montura?— y se llevaba radiante y ampuloso las manos a la cabezota como si fuera a encasquetarse el globo terráqueo antes de iniciar un paseíllo cósmico. Y señalaría que pasó la luna de miel (hacía más de treinta años) en una pensión de la calle de la Montera en Madrid. Y había pintado a Karen sentada desnuda en el borde de la cama, tocada sólo con una montera. La montera, comprada en el Rastro, le inspiró otras poses toreras, más audaces, para la recién desposada. Cuando se les acabó el dinero, se apostó a vender los dibujos de la rubia torera frente al Museo del Prado. Stock se dio cuenta pronto de que los dibujos se vendían mucho mejor si la esposa modelo estaba a su lado, para que los compradores pudieran apreciar el parecido. Hasta que esos pases o poses escandalizaron a algún taurino ortodoxo y el pintor y su modelo acabaron en la comisaria más próxima. Stock reía al recordar sus primeros pasos o traspiés tauromáquicos, sus bodas de sangría y arena. Su matrimonio se rompió hacía apenas un año, principalmente a causa de la bebida, según él. Pero el recuerdo de los años apacibles en España, en el sur de Francia y en Suecia (el país de su mujer y de su hija) no le apartaban de la botella. Al contrario, a las cinco de la tarde a veces ya le costaba articular las palabras con su lengua estropajosa. Y las disputas con Ute eran cada vez más violentas. Botella acaba en batalla... Una noche sufrió una aparatosa caída por las escaleras de su casa. Desde entonces cojeaba cada vez de modo más acusado y las muletas reaparecían casi obsesivamente en sus dibujos. La montera del torero hacía de almohadilla sobre la muleta. Dos muletas cruzadas venían a ser una incógnita inquietante. ¿Equis de su psique? ¿Encrucijada o vía crucis de su propia corrida?

6

Cruz potenzada o potenciada por las muletas. Sin duda tuvo en cuenta que cruz potenzada en alemán lleva la palabra muletas, *Krücken*, antes de la cruz: *Krückenkreuz*. La obsesión de la cruz en su pintura. *In hoc signo...* Berlín es un gran cementerio, y señaló hacia las hileras de cruces blancas en las ventanas oscuras, una noche en que paseábamos por Kreuzberg. Y de inmediato refirió la visión del toro negro que salía raudo del toril y se abría en cruz al embestir. Ahora y en la hora de la verdad..., la espada se hundió hasta la cruz (o bola) y el toro se mudaba en arma arrojadiza, la sangre chorreaba de la vena o venablo, la testuz se hacía cruz y el toro caía de bruces o de cruces. Estiraba y estiraba, mirándola fijamente, a su bestia negra. Gesticulaba sobre los croquis y hasta descargaba borrones como manchas de sangre. Esa cruz se incrustaba, potente, en el sacrificio cruento de la bestia emisaria. Porca miseria!, se reía, para no tomarse demasiado en serio su tauromaquia. Volvía a tachar y a repasar sus embrollos. Cruz y rayas, maraña inextricable alrededor. La víctima transformada, finalmente, en el arma de su propio sacrificio. Esa visión del toro-cruz, agudo como espada, apareció luego de una pelea con Ute en la que ella se había defendido y lo amenazó con sus tijeras de sastre. *Schere-razade...* ¿Sería capaz de entrar a matar?, y él movía la cabeza con incredulidad. Pero el asesinato es a veces, añadió, un suicidio retorcido, con premeditación y alevosía. No estábamos seguros de seguirlo muy bien, a pesar de tratar de acomodarnos a sus zancadas cojitrances. El paso de la cruz negra (o quizá dijo peso), murmuró con los ojos en blanco en el cruce de Yorkstrasse y Mehringdam. Y el toro cruz de su enmarañada visión seguía incrustándose profundamente.

Las desgracias —como las Gracias— nunca vienen solas y, poco después de la caída por las escaleras, Stock empezó a tener dolores —y problemas de visión— en el ojo derecho. No sabía si achacarlo a la caída o a la pelea aquella de la casa de juegos. Le preocupaba, además, porque tenía vago el ojo izquierdo. El derecho trabaja por los dos, dijo alguna vez, haciendo un guiño. Presintiendo lo peor, trató de dibujar con los ojos cerrados. Desdibujaba, más bien, embrollando las líneas. Le dejó pasmado la destreza de Mons que, a ciegas, lo retrató con cuatro trazos sobre el mantel del Strada. El Minotauro Stock apoyado en su bastón-estoque… Pero Stock, cuyos dolores y tragos iban en aumento, no estaba para caricaturas. Acudió al Dr. Vollender, un antiguo compañero de colegio (su consultorio oftalmológico, en un caserón de Halensee, estaba decorado con obras primerizas de Stock que le llenaron de rubor y nostalgia: *Puesta de sol en Villa Kügel, Comedores de patatas en Essen, El entierro del minero…*), que le dictaminó una inflamación del iris causada probablemente por la artritis. El término «inflamación de la túnica úvea» le pareció particularmente intimidatorio.

El tratamiento médico le aliviaba los dolores; pero no la angustia, que se plasmaba en heridas como ojos en los cuerpos de toros, toreros y picadores. El ruedo era un gran ojo inflamado, y el torero con la capa y el toro —unidos por dos manchas de tinta— formaban la pupila.

Los ojos se rasgaban a veces, se curvaban, formando cuernos y astros. Los cuernos de la luna… Menguante y creciente, arriba y abajo, como reflejándose en el agua negra. Acaso tuvo en cuenta la historia que le contó Mons del niño aprendiz de torero que de noche cruzaba a nado el Guadalquivir para apartar un toro de la manada que pacía/yacía en campo de estrellas. Torear en cueros era ya una manera incipiente de acortar las distancias. La mano izquierda sostiene la camisa aún medio empapada (¿o era la gorrilla?) a guisa de muleta para dar un pase natural. Stock ya no lo confundía con el de pecho. Cuchillos cachicuernos, alfanje de la media luna casi rozan el pecho espigado al pasar veloces, hoces que siegan en la noche. Y en el río de tinta brillan, remolineantes, los cuernos afilados de la luna. Pitones pintorescos para una tauromaquia onírica.

Acortar/acordar las distancias: su modo de empuñar el pincel, la espátula, el lápiz…, como armas, y de tomarlos como puntos de mira, me hacía recordar a Mons entrecerrando agresivo los ojos plantado ante la tela. La pintura considerada como una tauromaquia —consideraba también Stock. *Pintorero*, cuando no pinturero. Riesgo en cada rasgo. Riesgo le hacía pensar siempre en su padre, minero. Oía el stacatto de su tos aún. Murió con la satisfacción de que su hijo no bajaría a la mina. Aunque le decepcionó en sus estudios: dibujante industrial no era un título como el de su amigo Vollender. Cada profesión tiene sus riesgos, creía Stock, y él estaba dispuesto a asumir los suyos.

Stock con su biblia de Van Gogh en el Gólgota: arriesgo mi vida y mi razón… ¿La razón? Saber arriesgar, arriesgarse. Exponer… Acaso Stock había aceptado el encargo de esa tauromaquia como una invitación a volver al ruedo, al riesgo de la faena de cada día. *Faena*…, otro término taurino de doble filo. Llevaba meses sin pintar. Sólo croquis y más bocetos. Tauromacacos. Tauromáculas… No pinto nada aquí, decía, y apuraba su vaso de vino.

Tras veinte años en Suecia, había regresado a su país como un perfecto extranjero. Y ya nada quedaba del Berlín de su juventud. Desaparecido como el muro. Y mientras buscaba o pretendía que buscaba un estudio, podía matar las horas de insomnio en su cuartucho entregado a imaginar su tauromaquia de toro y oro que alguna vez llamó «auromaquia», como si de una obra alquímica se tratara. Por aquel entonces cambió el libro de Van Gogh por uno de Jung sobre alquimia y se interesó en el concepto de la «gran obra» (y él mismo, con su sempiterno blusón de cuero negro, tenía pinta de alquimista chiflado) y llegó a la conclusión de que ésta no podía realizarse sin destrucción previa y metamorfosis. Pon tu muerte falsa en la vida, dijo en bastante buen francés, mirando su vaso de vino francés. No estábamos seguros de haberlo entendido y Mons volvió a llevarlo al terreno del riesgo y de su santo y seña Van Gogh, que parecía haber perdido su aureola. Stock no había perdido la devoción en él pero aseguró, con toda seriedad, que el holandés había hecho trampa con la oreja. Había dado, dijo, oreja por ojo… Para un pintor perder la oreja no representa ningún riesgo. Nadie pinta de oído, efectivamente. Para un pintor de verdad era más fácil perder la razón —e incluso la vida— que la vista…, concluyó Stock sin inmutarse.

Ute lo encontraba cada tarde más raro, quizás a causa de los dolores en el ojo, y ella empezó a tenerle miedo. Especialmente, le contó a Mons, la madrugada en que lo sorprendió sentado en la cama repitiendo como un obseso sacrificio, sacrificio, sacrificio… Sin sacrificio no hay arte, su muletilla. Y seguía repitiendo sacrificio hasta que por fin vio a Ute, desnuda y aterrada, delante de él.

Otra madrugada un auto estuvo a punto de atropellarlo en Potsdamer Strasse. Los escasos testigos afirmaron que fue él el que se había abalanzado hacia el auto agitando el abrigo con las dos manos. ¿Verónica? El capote sobre la capota… Acaso el veloz auto se le antojó toro.

Seguía explicándonos su tauromaquia en el Strada pero las suertes y figuras se habían vuelto más esquemáticas y geométricas. ¿Problemas de vista?, llegamos a dudar. La pintura es cosa mental, recordó Mons con razón. El triángulo cornúpeta se repetía como un leitmotiv. Delta invertido de la muerte. Cuchilla de Damocles. ¿Triángulo con intríngulis? El triángulo negro que había pintado en su tabla con cuernos. Había colocado su tabla-toro encima de la mesa, contra la pared, y Ute contó que más de una madrugada se lo encontró sentado mirándola fijamente o mirándose en ella como en un espejo. Stock decía que los dolores en el ojo no le dejaban dormir y volvía a servirse un vaso de aguardiente.

Lo que sucedió algo después, otra madrugada, se trató de reconstruir no siempre de modo fidedigno en varios reportajes de diversos periódicos y revistas alemanes, que acabaron por atraer poderosamente la atención sobre Stock y su tauromaquia de Berlín. El testimonio de Ute-Veronika fue importante, a posteriori, porque cuando ella llegó al cuarto de Stock el terrible suceso ya se había producido. Stock estaba inconsciente y cubierto de sangre. Había sangre en las sábanas, toallas, en la colcha, en la alfombra, en las paredes. Stock había bebido demasiado, tratando de calmar su dolor, y no pudo recordar con exactitud lo que pasó. Si tropezó y fue a chocar contra la tabla-toro, clavándose los ojos en los clavos, o, más probablemente, según la hipótesis de la revista berlinesa *Zitty*, se lanzó en un arrebato contra los clavos que se le antojarían cuernos. Nunca volveré a entender del mismo modo la frase «clavar los ojos», declaró Mons.

Los galeristas, Adamo y Ewa, se ocuparon inmediatamente de Stock, que afortunadamente sólo perdió el ojo vago, aunque continuaban aumentados los problemas en el derecho. Y contribuyeron, con la ayuda de los médicos, a la metamorfosis de Stock. Quizá pusieron también su experiencia de estilistas en el proceso de transformación. La exposición de la tauromaquia se anunció dos meses después a bombo y platillo. En el centro del antiguo salón de peluquería de Knesebeckstrasse dispusieron un redondel blanco, como un coso, que recordaba el de la retrospectiva de Beuys en el Gropius-Bau. Y fueron poniendo como en sucesivos *burladeros*, en cajas con tapas de cristal, como relicarios, pedazos de sábanas y toallas ensangrentados, al lado de dibujos y croquis taurinos ensangrentados también la mayoría. Y en el centro del coso o circo, el retablo de la corrida de Stock: la tabla ensangrentada con los cuernos-clavos, y el triángulo negro. Pero lo más sorprendente resultó el propio Stock. Apareció irreconocible en el vernissage. Vestido con un traje cruzado negro, gafas negras, afeitado, el pelo recogido en cola de caballo, cual coleta torera, y dándose golpes de pecho con un abanico, sonriente, perfectamente sobrio, mientras circulaba hábil y ágil entre copas, hombros y escotes, recibiendo besos, palmadas y parabienes. Se había corrido la noticia, aun antes de la inauguración de la exposición, de que varios museos pujaban por la «tabla-toro» del sacrificio. Al fin Stock se une al mercado, le oí decir en inglés a una mujer huesuda que luego me presentaron como la hija del artista. Y Stock, en uno de los escasos instantes en que no se tenía que abanicar, entre apreturas de fans y aficionados, me dio muy serio este recado para Mons: Hay que matar al mártir que todo artista lleva dentro.

IX
CON BOUVARD Y PÉCUCHET
EN EL CIBERESPACIO

En esta parte deberíamos vernos a nosotros en tercera persona para seguir mejor a nuestra pareja, le iba diciendo a Mons por el bulevar Bourdon, justo en el momento en que un emparejamiento muy distinto vino a desviar la atención hacia otros derroteros.

Esa de ahí abajo, dijo Emil Alia, y Mons apuntó con el lápiz a la pareja retorcida que se besaba de retornillo sin fin allá junto a las barcazas del canal Saint-Martin, sí, esos tórtolos con tortícolis, insistía, quizá no saben que a veces hay besos comunicantes, de la vida a la literatura y viceversa, que en momentos así de ósmosis-de-embeleso-de-embebecimiento, o como así sea, esos dos abocados son además ahora Horacio y Lucía, pongamos por caso y para llamar por sus nombres a aquellos amantes del Sena rioplatenses, que también tenían su lado Bouvard y Pécuchet, che, y vuelven desde el capítulo o casilla 21 de su *Rayuela* a exaltar con su beso la vida libre de París y, acaso sin sospecharlo, también de la literatura, en homenaje quizás involuntario a sus ancestros los dos copistas de Flaubert, que se encontraron por vez primera junto a ese mismo canal de aguas color de tinta. Pero la rancia teoría de que la vida imita o malimita al arte no era del gusto de Mons, para el que el arte limita la vida, sus redundancias y sobras de sobra, y redujo a la pareja estrechamente abrazada allá abajo a un enrevesado garabato chinesco, o jeroglífico glíglico sobre su hoja de dibujo, y parecía más interesado en las embarcaciones atracadas a los muelles del canal, que iba copiando con sus nombres: *Andromède*, que lo es de constelación, y con antelación de la esposa de Perseo, personificaba Emil el mitólogo, y por una terrible coincidencia había en la orilla opuesta una pinaza *Méduse*, que también perdió la cabeza por Perseo, perseveraba, y es sobre todo nombre de balsa, véase la de Géricault en el Louvre, y precisaría que Géricault nació en Rouen como Flaubert y —otra coincidencia— en el mismo año, 1791, que Bouvard y Pécuchet; pero el lápiz ágil de Mons esbozaba ya una gabarra negra llamada *Swan*, con una *S* esbelta como un cisne, y el flaubertista no pudo por menos de soltar entonces que el canto del cisne de Croisset fue su novela póstuma e inacabada, inacabable, *Bouvard y Pécuchet*, enciclopedia crítica en farsa, según la calificó su autor, suerte de enciclomedia humana del saber y de la ignorancia que se ignora, invencible, momento en que Mons dio carpetazo, enérgicamente, dando por acabados el apunte y la parrafada.

En el bulevar Bourdon, bajo un sol casi veraniego de abril, cuando volvía a las andadas y aventuraba que tal vez Flaubert escogió para abrir su enciclopedia y epopeya interminable de la escritura ese bulevar con nombre de término tipográfico —*bordón*, omisión que comete el cajista— Mons, menos apegado a la letra que a la imagen, observó que sus dos sombras —sombrón de hombrón la de Mons, montaña humana, y filiforme la de Emil— reproducían en grosso modo las siluetas de Bouvard y Pécuchet. Aunque a la cabeza de huevo de Mons le faltaban los bucles rubios de Bouvard y él, no dejó pasar por alto, no andaba a pasitos como Pécuchet.

Mons había retratado a Bouvard como un grandullón rubicundo y barrigudo, con un aire entre pícaro y rabelesiano, por algo se llamaba también François, con ojos azulosos entrecerrados y cara carrillena algo aniñada. Y a Pécuchet, menudo y moreno, con la media luna de su visera sobre los ojos, y la nariz casi tan larga como su cara, lacio el bigote y el poco pelo aplastado contra las sienes como un peluquín. Mons les había dado una apariencia incongruente de adolescentes de edad madura. Los había fijado en la edad, cuarenta y siete años, en que se encontraron aquel caluroso domingo de agosto en el bulevar Bourdon. El tiempo meteorológico, no el cronológico, abre *Bouvard y Pécuchet*, le había indicado Emil anticiclónico. Curiosamente, *El hombre sin cualidades*, de Robert Musil, ese crónicón del fin de un imperio y de una época, en tantos aspectos bouvardpécuchesco, también empieza meteorológicamente. Y además ambas hipernovelas empiezan en agosto, que es el mes más..., y se interrumpió de pronto al ver que Mons se alejaba hacia un banco. Empiezan en agosto, seguía, pero no acaban nunca...

Aunque el sol de ese primero de abril no podía compararse al de la canícula, recordó que en ese mismo banco, a la sombra del gran árbol, en el medio del bulevar Bourdon, había acudido a sentarse aplatanado una tarde de domingo de agosto en que el termómetro marcaba precisamente 33 grados centígrados y se preguntó entonces como ahora si no sería ése el mismo banco en el que se encontraron, al sentarse en el mismo instante, Bouvard y Pécuchet. Mons, en cambio, hubiese preferido saber si en 1838, cuando se conocieron los dos copistas, los bancos del bulevar Bourdon también estaban pintados de verde.

El sol haría relucir la capa de polvo…, propuso Emil. ¡Qué observador!, cortó secamente Mons.

Al caer la tarde volverían al bulevar Bourdon, y a asomarse al canal Saint-Martin (el agua tenía ya color de tinta, china o de noche) y Mons creyó ver *Yvetot*, en letras blancas, en la proa de la gabarra negra como un ataúd que se alejaba hacia la Bastilla. ¿Un mal presagio? El cronologista dijo que la toma de la Bastilla fue sólo dos años antes del nacimiento de Bouvard y Pécuchet, quizás por eso éstos intentaron averiguar las causas de la Revolución.

Cuando preparaba con Mons aquella *Enciclopedia ilustrada de Bouvard y Pécuchet,* recordó, con frecuencia recorrían juntos los lugares de París relacionados con los dos copistas sin par. Esa peregrinación a los lugares de los genios debería completarse con la visita al pueblo al que se retiraron los dos paisanos de París, Chavignolles, entre Caen y Falaise, en el Calvados, excursión siempre postergada.

En el mercado de las pulgas de Saint-Cloud, Mons había encontrado una descolorida foto campestre que copió por duplicado, como en una vista estereoscópica, porque le pareció que correspondía al panorama que Bouvard y Pécuchet hubieran podido contemplar desde su casa de Chavignolles: campos hasta el horizonte, a la derecha un granero y la torre de la iglesia; a la izquierda, una hilera de álamos.

Es probable que esa doble vista le recordase a Mons la que él contemplaba desde las ventanas de su estudio en Enfer: los campos, la granja de Madame Pierret y la fila de abedules en el horizonte.

Fueron al Louvre en busca del Rafael que entusiasmó fingidamente a los copistas, y después de dudar entre el retrato de Baltasar Castiglione, el mejor caballero del mundo, y un San Jorge destrozando al dragón, acabaron plantándose ante la estatua de *El escriba* sentado. Convinieron en que Bouvard habría sabido adoptar la pose de su colega egipcio.

En la rue Saint-Martin, Mons reconoció la buhardilla —aunque habían remozado la fachada del edificio— en que vivió y pintó unos meses, hacía bastantes años, antes de que levantaran al lado los tubos intestinales del Centro Pompidou. En ese cuarto abuhardillado de paredes amarillentas había descubierto, inscrito o rayado en una columna de escayola de la chimenea condenada, el nombre de Pécuchet, en altos palotes la pe y la te. ¿Quién lo habría grabado? ¿Algún estudiante? El misterio del cuarto amarillo.

También recordó Mons sus años de Rey de bohemia, por la rue des Écoles, al pasar frente al Collège de France, donde había asistido a cursos de sánscrito —y de árabe, como Bouvard y Pécuchet—, tan sólo para calentarse en aquel invierno demasiado rudo y sin un duro.

Una noche de nieve, al deslizarse por la angosta rue de Hautefeuille hacia el bulevar Saint-Germain, Mons veía o pretendía ver una alta hoja que Bouvard iba llenando con su escritura redondeada cuando trabajaba en el negocio de los Hermanos Descambos, Tejidos de Alsacia, en el 92 de esa misma calle.

Otra noche, por la rue Saint-Denis, bouvardizaron con reciprocacidades y provocaciones a las peripatéticas, que harían enrojecer al pacato Pécuchet.

Unos senos que desbordaban del escote, saltones, a Mons se le antojaron globos. Veía todo ya a través de los ojos de los maestros copistas.

Se le había ocurrido encerrarse en su granja de Enfer con su cómplice, aislados para trabajar en la enciclopedia monumental en sintonía con los dos retirados de Chavignolles. Es fácil el descenso al chemin d'Avernes..., bromeaba Emil, dispuesto. Mons había empezado ya su trabajo de ilustrador, por el final, el disparatario, y fue pergeñando sin orden y en concierto con el comentarista una serie de viñetas a las que éste pondría unos pies ligeros como los de Aquiles.

Un tiznado deshollinador, en un frac remendado con sus faldones al viento como alas de golondrinas, pedaleaba en bicicleta sobre la leyenda: Un deshollinador no hace invierno.

Una cajetilla de CAMEL con un paisaje y rumiante del desierto sobre la pregunta capciosa: ¿Camello o dromedario?

Una vela encendida que iluminaba la exclamación: *Fiat lux*!

Una réplica del busto de Nefertiti del Museo Egipcio de Berlín (vacío su ojo izquierdo) con el título en francés: «Un dessert sans fromage.»

Los preliminares parisienses de la *Enciclopedia ilustrada de Bouvard y Pécuchet* se alargaban —parecía obra de romanos o pirámide faraónica realmente— y Mons tuvo que regresar a Berlín a concluir un proyecto mural sobre el Muro desaparecido. Pero su colaborador le enviaba desde París informes puntuales y lo tenía al tanto de los acontecimientos. Acontecimientos, en efecto: ¡Bouvard y Pécuchet viven y yo los he encontrado en Internet!, le informaba con exclamaciones.

Había entrado por curiosidad en un cibercafé frente a los jardines del Luxemburgo, en la rue de Médicis, frecuentado sobre todo por norteamericanos que iban a recibir y enviar su correo electrónico, y en la barra del bar encontró una pila de prospectos en la que se anunciaban los dos copistas infatigables: hache te te pe, dos puntos, doble barra, uve doble uve doble uve doble, punto, bouvardetpecuchet, punto, efe erre punto. Las tres uve dobles se repetían como un eslogan o hamletrero al final del prospecto: Words, Words, Words… Only connect!

Fue a sentarse ante el primer ordenador libre y no tardó en localizarlos en la pantalla, con la ayuda de la servicial cibercamarera de talle de avispa —no dejó de detallarle a Mons— que resultó llamarse Melissa, que él hubiera preferido acortar en Mélie, como la criada normanda que desfloró al cincuentón Pécuchet, con gonorrea de culpa o de penitencia incluida.

Clic, clic, el ratón nervioso parecía de biblioteca y de pronto en el azur ciberespacial surgieron los dos cibercopistas. Aparecieron primero en una foto en color, muy parecidos, le informó a Mons, a como él los había retratado imaginariamente, con tanta precisión como presciencia. Aunque Pécuchet se tocaba ahora con una gorra de béisbol que no iba demasiado bien con su antiguo hábito de monje. De monje copista, como los que salvaron la cultura con paciencia benedictina desde sus escritorios monacales en la Edad Media. Aunque al copiar a veces se les iba la mano y enmendaban o añadían según les mandaba su santa orden.

Ambos, Bouvard y Pécuchet, se habían plantado en una madurez inmaduradera, como peterpanes cincuentones. Ambos frisaban con los cincuenta años, como don Quijote, según bien vio Borges, que además observó con su clarividencia habitual que los dos copistas de Flaubert están fuera del tiempo, en una eternidad que es el espacio ideal de la escritura siempre recomenzada, borrón y cuenta nueva de una doble partida inacabable, así que el tiempo no pasa para esos pasantes de pluma, condenados a escribir por los signos de los signos.

Flaubert el Maestro, o más bien amo y maestro, *Maître*, para abreviar, de Bouvard y Pécuchet, dejó al morir inacabada su suma de restos, su enciclopedia y vario calvario de reescrituras, para que los dos copistas no mueran y lo releven y revelen a través de su pasión insensata. Flaubert, que tantas veces se refirió a la tontería de querer concluir, es buena prueba de que en literatura nada se empieza realmente ni nada se acaba, todo se transforma y se continúa. Lo más irónico es que Flaubert copió un cuentecillo insignificante, «Los dos escribanos», de un autor poco conocido, que fue transformando en su Monumento con mayúscula: la copia inacabable de los dos buscadores de la sabiduría que acabaron agarrándose a la tabla de salvación de su pupitre, a la materialidad de sus palotes.

Los dos copistas oyen la voz de su amo y maestro, su última orden: *Copiar*. Nada más, y nada menos. No «como antes», como añadió después de la palabra *Copiar* la sobrina de Flaubert, suplantándolo. *Copiar*, una orden tajante. Bouvard y Pécuchet quedaron, como suele decirse, programados.

En el plan que dejó Flaubert se indica que los dos copistas encargan a un carpintero de Chavignolles un doble pupitre.

Según el informe que recibió Mons en Berlín, este doble pupitre fue transformado en una doble consola de ordenador —las ciencias adelantan, etcétera...— desde la que Bouvard y Pécuchet navegaban por el ciberespacio, sin moverse de su pueblo normando, para ir contra la norma y propagar las escrituras creativas —especies amenazadas de extinción— en todas direcciones.

Ocupémonos de la prosa primero, se propusieron.

En el plan póstumo que dejó su maestro Flaubert se indicaba dos veces que a los dos copistas les preocupaba el «Porvenir de la Literatura». Pécuchet, ahora, lo veía negro. Difundir la buena literatura, creía Bouvard, era una forma de salvarla. Por eso aprovecharon las posibilidades de la Red. Internarnos en Internet, dentro del caballo de Troya, propuso Bouvard, para introducir la verdadera escritura —la real— en la ciudadela enemiga, del simulacro y la virtualidad.

La insondable inanidad del ciberespacio infinito me aterra, pascalibraba Pécuchet. Bouvard sostuvo que no podían encontrar mejor espacio para dar a conocer y preservar obras censuradas o suprimidas por las censuras. Pécuchet subrayó que la mayor censura está hoy día en el comercialismo a ultranza, que no sólo no deja nacer y crecer, por ejemplo, las novelas que aseguran la renovación y perpetuación del género, sino que además las sustituye por sus cucos sucedáneos y las hace pasar por literatura. Bouvard aseguraba que no hay tiempo ni espacio que perder y propuso escanerizar aquellas novelas de mérito agotadas u olvidadas o dignas de resaltar como ejemplares. Pécuchet rehusó el escáner y prefirió teclear letra a letra los libros escogidos, porque quería predicar con el ejemplo: el que escribe lee dos veces.

Su criterio de selección excluía en primer lugar aquellas novelas que dicen lo que puede decirse por otros medios y eran en realidad malos remedos de cine o televisión encuadernados. Bouvard tenía a veces la manga ancha y proponía copiar obras más bien prescindibles; pero Pécuchet, a ejemplo de su colega norteamericano Bartleby, le cortaba con un «Preferiría no hacerlo».

En sucesivas visitas al cibercafé de la rue de Médicis, el neointernauta —ayudado por Mélissa, que ya se llamaba Mélie— fue menudeando los contactos con los dos copistas de Chavignolles.

El hipertexto existe pero de momento está en el texto, aseguraba Pécuchet, en los grandes textos de la literatura.

Una línea de Joyce, de Proust, o de Kafka, por corta que sea, no se acaba nunca. En las páginas de estos y otros verdaderos creadores se abren ventanas hasta el infinito, pregonaba.

Para no mencionar otros clásicos más antiguos. Por ejemplo Cervantes, antes y después, que es un autor plural. Y cada año más complejo.

Por el sistema Pierre Ménard copiaron con devoción el *Quijote*, el libro de los orígenes, reconocieron a una.

Preguntados por el neointernauta acerca de la novela española contemporánea, confesaron que no la conocían apenas, pero su propósito era ponerse al día y a la última hora.

En su biblioteca de Chavignolles encontraron una *Historia de la literatura española contemporánea*, de 1878, cuyo autor se llamaba nada menos que Gustave, Gustave Hubbard, y al hojearlo descubrieron que los españoles de entonces, en plena crisis política y económica, se lanzaban ávidamente a la lectura de los novelones de capa y espada de un tal Fernández y González, tildado de el Dumas español. Pero sin duda las cosas habrán cambiado mucho desde entonces, concluyó Bouvard.

Pécuchet había oído decir que se traducía mucho en España, mucho y de todo, sobre todo novelas —y muchos noveluchos que a veces eran imitados con gran éxito— pero no comprendía que estuviesen agotadas desde hacía tiempo grandes traducciones como *Gran Sertón: Veredas,* del brasileño Guimarães Rosa, o *El zafarrancho aquél de Vía Merulana,* del italiano Carlo-Emilio Gadda, que se disponían a difundir por Internet. Cuando acabaran de copiar el *Potomak,* de Cocteau, inencontrable en Francia, añadió Bouvard.

En los últimos meses seguían fascinados las incidencias —reincidencias más bien— en la carrera campo a través de un caballero de industria llamado Foureau, que había creado una empresa, en realidad gigantesca estafa, llamada «La vie de château», que organizaba fiestas, festines medievales, saraos con boato y hasta veladas de rap en diversos palacios y «châteaux» franceses, principalmente en Île de France. Las mansiones y palacios existían pero sus propietarios (que no recibieron nunca el generoso alquiler estipulado) resultaban casi tan estafados como los incautos que habían pagado por una fiesta y festín que jamás tendrían lugar.

El tal monsieur Foureau era probablemente descendiente del alcalde aquél, *l'échevin!*..., que tantos quebraderos de cabeza les dio, sospechaba Pécuchet, porque había tenido la desfachatez de atribuirse una quinta —«une manière de château»...— y una granja de treinta y ocho hectáreas en Chavignolles, además de dar como referencia unas señas de París inexistentes: 46, rue Simon-Crubellier, 3.º dcha, en el 17ᵉ.

Bouvard ya había abierto un dossier con el título *Monsieur Foureau* que, creía, podría llegar a convertirse en una novela picaresca.

Ambos redactaban además el boletín del pueblo y habían creado otro sitio en Internet, *Chavignolles. Notre village*, en el que recogían todas las noticias e informaciones locales al lado de una serie de rúbricas abiertas a la creatividad propia y la de sus convecinos. Pensaban abrir pronto además en la red un sitio llamado *SITE*, para hacer versos. Pero, de momento, se ejercitaban en la prosa, que es más fácil de hacer que los versos.

El neointernauta llegaría a preguntarles si no se sentían presos en las ruinas circulares de una enciclopedia ciclópea. Al acabar de teclear la pregunta se dio cuenta de la errata, había escrito *runas, runas* fosforeciendo en la pantalla, y a la vez sembrando la duda de que tal vez otro copista, desde otro ordenador, le estaba ordenando la pregunta errónea que acababa de formular. Decidió entonces acabar la sesión —mañana será otro día— y proponerle a Mélie un paseo a orillas del canal Saint-Martin, según le sugirió Mons desde Berlín. Que se la llevara al agua, Oh Mélie!, y basta de monsergas. Mélie y Emil, *méli-mélo,* tanto monta, para remontarse al principio.

X
DE MONS EN ENFER

I
Monster Pieces
(cuadros de una exposición)

1

MONS...

¡Mons... Mons... Monstruo!, lo corrían a grito pelado
y a cantazos. Aquella tarde de novatadas después de romper
el cerco (cada vez más cerca el corro de macacos aulladores)
y de echar a correr por el campo de fútbol que debió de ser
santo antes porque a veces se encontraban huesos y hasta
algún que otro trozo de calavera con su mechón aún. Era
demasiado zancudo para sus diez años y con la cabeza de
tiñoso así rapada, muy abiertos siempre los ojos, sus compañeros de internado lo encontraban tan raro como su apellido. Además apenas conseguían entender su poco y mal
español. ¿Monstruo? Solo en la helada sala de los lavabos, se
inspeccionaba de perfil la herida en el pómulo. ¿Ofrecía la
otra mejilla? Apretando luego el tubo de dentífrico sobre el
espejo, empezó a pintar sobre sus facciones inalcanzables
su primer autorretrato. Medio siglo después volvía a repetir
el gesto en su estudio de Enfer, apretando el tubo de blanco
de cadmio sobre la tela, para comprobar que ahora como
entonces su cara oculta era inalcanzable.

2
OTRO RETRATO TERATOLÓGICO

¿Tú?, titubeaba el pintor Basil Hallward al ir a dar la última pincelada a su *Retrato de Dorian Gray*, aún asomado a él como a un espejo y abismo, reconociéndose fascinado en las profundidades de esa brillante superficie, aunque esas facciones fuesen tan distintas a las suyas, mucho menos correctas; y al pretender corregir con ese último toque de pincel una nimia arruguita en el cuello, sintió de pronto en el suyo el cuchillo asesino de Dorian Gray que, al atravesarlo sin contemplaciones, iría también a rasgar su propia obra maestra, traspasando la tela que separa el arte de la vida, o de la muerte, mortaja que los unía a ambos, modelo y artista, en idéntica rigidez cadavérica, y las pétreas facciones y la bella composición iban a descomponerse; su retrato de Dorian Gray, ese adonis hedonista y degenerado, era en realidad su secreto retrato de artista por entero entregado a su arte, es decir, a su orgullo y egoísmo demoniacos, que Mons veía corromperse y echarse a perder, Yo... Yo... Yorrible..., mientras seguía mirando y mirándose en el autorretrato fermentado de Rembrandt viejo pero inmortal de la gran exposición del Altes Museum de Berlín que visitaba por tercera vez en esa semana.

3
MUESTRARIO DE MONS

Una noche febril, en Berlín, se le ocurrió reunir a todos sus monstruos reales y fantásticos en una serie mixta de obras —óleos, collages, dibujos, aguafuertes...— que llevaría por título *Monstruario*. Su galerista berlinés Uwe Doble estaba entusiasmado con el proyecto y casi todas las noches iba al estudio a insistirle en que se pusiera cuanto antes manos a la obra.

También tú estarías entre los monstruos —le amenazó Mons—, aunque no sé aún si saldrás de Ogro o de Barba Azul.

Uwe Doble soltó una cascada de carcajadas que hacían retemblar todo su corpachón de más de ciento cincuenta kilos.

Aquellos días de finales de otoño en Berlín se poblaron de monstruos. En cualquier lugar, en los reflejos de los escaparates de la Ku'damm y entre los claros y umbrías del bosque de Grunewald, o en la humareda de un cafetucho turco de Kreuzberg, podía armar un nuevo monstruo. A veces le bastaba cerrar los ojos, para que se iniciase un temblor de imágenes, rostros monstruosos o apenas formados que temblaban en una superficie lechosa o en el fondo de una cubeta de fotógrafo antes de deshacerse en un fulgor. Le vi dibujar con los ojos cerrados una multitud de cabezudos, gigantones, adefesios, esperpentos y figurones monstruosos en el mantel de papel de su mesa —en el café Strada, que luego arrancó en parte para que le sirvieran de recordatorio. Vería pocos días después esos bocetos con manchas vinosas incorporadas con otros dibujos de monstruos mucho más cuidadosos, dispuestos alrededor de su propio rostro sobre un cartón. *Muestrario* se titulaba. Y escrito a lápiz, en letra menuda, bajo la firma: «Pintor de monstruos y más monstruoso que ellos.» También habló del proyecto de *Monstruario* conmigo (Emil ya empezó a literaturizar, dijo al comprobar o probar mi entusiasmo) y con algunos estudiantes de la Escuela de Bellas Artes de Steinplatz, en especial con Klaus Holzmann, que le recitó unos versos de un romántico alemán que pregonaban que el poeta es hacedor de monstruos.

4
ONANISMO O ENANISMO

De espaldas parece un niño desnudo pero en el espejo algo empañado se alcanza a ver que es un enano que se masturba con expresión de delicia algo bobalicona. Y lo más extraño es que la manecilla, que ciñe el glande verdaderamente grande, tiene uñas pintadas de rojo vivo y es fina y femenil, en contraste con la otra mano del enano, la derecha, más ancha y tosca. Juegos de enanos…

¿Un vestigio de los años o daños de infancia? A Mons, como a tantos niños, le advirtieron en el colegio que, si se masturbaba, dejaría de crecer.

¿Y la mano femenina del enano? Mons contó una madrugada de expansiones y confidencias con lengua de trapo, ante la blonda cabezona de enana de la camarera aupada tras la barra de aquel bar de Oranienstrasse casi Onanienstrasse —la Bárbola, la llama— que uno de sus primeros recuerdos era la visión de una mano enrojecida con las uñas pintadas de rojo que lo acariciaba en una bañera ardiente. ¿Quién?

Pero el enano de su cuadro redondo *Onán enano* es un modelo real. Petit Roland. Mons lo conoció en una papelería de la rue des Écoles, en París, y el enano exhibicionista posó varias veces para él.

5
LA CRIATURA

El rubio bebé tan risueño sentado desnudo en medio de la flora-y-fauna abigarradas, inextricable espesura en la que se fundían confundían bayas, batracios, huevos huecos, huesos de esqueletos, serpientes lianas entrelazadas, antenas, zarcillos, líquenes, ingles de demonios con pústulas, cabezotas coronadas de espinas, pajarracos gigantes, flores carnosas, vulvas encendidas, vientres escamosos, élitros, alas membranosas, gusarapos, harapos, apósitos podridos, buches tragones, dragones con torreones y ruedas, cráneos con cuerpos de coleópteros, colas de alacranes, de culebras, de gusanos, ubres de pergamino, un sapo sobre un escroto acartonado, anos con almorranas, ranas infladas, vergas con ampollas, falos con alas, peces con patas, con cabeza de pato, ocas de dos picos, plantas de hojas agujereadas de ojos, erizadas de picos…

—Se podría titular *Niño gótico* —le dije al descubrir, regocijado, el lujuriante collage en un rincón del estudio de Kreuzberg. (Castigado aún contra la pared, según su costumbre con las obras dudosas.)

—¿Tú crees? —se limitó a decir Mons, arqueando aún más las picudas cejas en M. (La M de su firma…)

No creyó necesario explicarme entonces que la foto del bebé había sido arrancada de una revista del hogar nazi —encontrada poco antes en el mercado de las pulgas de Nollendorplatz— que mostraba al perfecto bebé de raza aria garantizada por un progenitor escogido en las filas de los SS y por una joven patriota reproductora de sangre purísima, según directivas de las Lebensborn.

En realidad le había llamado la atención la foto del bebé rubicundo porque le recordó inmediatamente a la que un marcial coleccionista alemán de arte degenerado y códices iluminados tenía enmarcada en una especie de altar en la biblioteca de su castillo cerca de Nüremberg. Y a un tiro de piedra —según le informó sin inmutarse el coleccionista— del castillo en que pasó su infancia el *Reichmarschall* Goering. ¿Mariscal? Otro gran gran coleccionista de arte…

Por otro lado —para seguir hablando de monstruos y de coleccionistas— la figura pomposa y abombada de Goering le recordaba a la de su padre adoptivo —Monsieur Mons, verdadera montaña de carne— y a la de su galerista Uwe Wach, «Uwe Doble», entre nosotros, aunque esto último no lo podrás decir en el texto del catálogo, señor taquígrafo, me dijo mientras yo seguía tomando mis notas.

6

GORGONZOLA

Una noche de vino turco, en Meyhane, se le ocurrió dibujar sobre el anuncio en colores del queso Gorgonzola, en una revista ilustrada, una cara de caballero decimonónico con pince-nez, barbita y pelos serpentinos de Gorgona. Entre intrigado y divertido, lo veía retrazar los ojos aprovechando las vetas oscuras del queso.

—¿Quién?

—Otro Émile escritor... ¡Ese monstruo que no comprendió a su amigo Cézanne!

7

EL OJO CIEGO DEL CÍCLOPE

Desde que empezó a preparar *Monstruario,* cualquier cara o cuerpo, conocido o desconocido, podía monstruificarse inesperadamente. Donde y cuando menos se esperaba. Mons procuraba fijar estas visiones fugaces in situ, en un tris tras de rasgos rápidos. (Trasgos, se diría. Duendes que salían de quién sabe dónde. Caras fantasmales que se iban formando en la oscuridad a veces, al cerrar los ojos, o que se superponían por sorpresa a otras caras en las que se acababa de fijar.) Así el fornido calvo de gafas negras sobre el cráneo reluciente que tomaba el sol y cerveza en una terraza de Savignyplatz, y de pronto dio un gran bostezo, iba a transformarse unas mesas más allá, en el cuaderno en que *carabateaba* Mons, en un cíclope de ojo tan grande y abierto como su boca. Pero ese bosquejo de un bostezo berlinés iba a trasladar a Mons en cuestión de segundos a los años luz de Saint-Jean-de-Luz. El gran ojo en la frente, como una ventosa negra o una bocaza abierta, el efecto que producían las gafas de submarinista llenas de lodo que habían puesto aquellos chiquillos aviesos más que traviesos sobre la frente del vagabundo que dormía la borrachera en la playa, una botella vacía a su costado. Los había seguido con la mirada desde que pescaron en la orilla —al principio creyó que era un pulpo— las gafas sin cristal de submarinista y mientras corrían por la playa con su trofeo. Recordaría ante el vagabundo borracho de la frente manchada que la terrible escena del cíclope caníbal que Ulises ciega con una estaca de afilada punta al rojo, tras embriagarlo con vino y astucia bien combinados, se acababa con la moraleja de aquel puritano y atildado profesor de origen alemán, abstemio y vegetariano, que les explicaba o complicaba la *Odisea*: «¡Polifemo perdió el ojo por borracho!» Y por comer carne...

8

LA MUJER-ELEFANTA

La regordeta sudorosa del bikini rosa y sombrerito de tela blanca que bailaba sola la salsa al sol y las olas en Miami

Beach, mecida por las ondas de la radio a todo volumen tirada a sus pies en la arena. Sentado en la playa, a escasos metros, Mons la iba retratando parapetado tras su cartapacio abierto, mientras ella movía con gracia toda su grasa. A medida que remeneaba culo, cintura y senos, insinuante, que ondulaba los brazos, lazos lascivos, y encorvaba el vientre y entreabría los muslos, invitadora, su nariz se iba alargando y ancheando desmesurada en el dibujo, trompa elegante de elefante que en la punta acabó por enrollarse en espiral, hacia el hombro derecho. Rolliza y rojiza, sobre el papel, se parecía al dios indio Ganesha.

9

Zoo ilógico

Le gustaban los zoos y el de Berlín —con el de Londres— era su predilecto. Acudía asiduamente al zoo de Berlín y a veces dibujaba allí animales —y visitantes— del natural. Una fría mañana de febrero, en la casa de los elefantes, retrató a un viejo elefante asiático y luego se entretuvo en dibujar cuidadosamente a su lado, de la misma talla, un piojo. Un hombre bajo y macizo, en abrigo loden, casi calvo y con nariz aplastada de boxeador, miró el dibujo, y dijo secamente antes de seguir de largo: *Haematomyzus elephantis.* ¿Había oído bien? Caminando por Budapesterstrasse, al poco de salir del zoo, Mons cayó en la cuenta de que la narizota del desconocido de la casa de los elefantes, y su cabeza, eran parecidas a las de un mono… Mons tenía la habilidad de transformar en natural lo más monstruoso, y en verosímil lo más disparatado. Cuando vi el dibujo del monstruoso piojo, no pude por menos de exclamar: Épouvantable! Y propuse titularlo, después de oír la anécdota del

mono entomólogo: *Laus Semper Pediculus.* A Maldoror le
gustaría, añadí, aunque no aclaré si el dibujo o el título.

10

UN MONSTRUO INSECTO

Se ve o se adivina (¿es cara bajo la cama?) apenas la
silueta pardusca de la tal vez cabezota a ras del suelo tras un
velo rosa o más probablemente la colcha de la cama bajo la
que se oculta el monstruoso insecto, de talla humana.
Cuando el editor suizo Herz le propuso a Mons ilustrar *La
Metamorfosis,* éste recordó inmediatamente la petición de
Kafka al editor que quería hacer una edición ilustrada de su
obra: ¡Sobre todo no dibujar al pobre Samsa! De alguna
forma, Mons respetó el pedido de Kafka, porque nunca llegó a ilustrar *La Metamorfosis.* ¿Exceso de reverencia o simple temor a caer en la redundante ilustración?
   Por esas mismas fechas pintó en una noche agitada, a
brochazos y espatulazos, ese óleo inquietante titulado en
alemán *Was is mit mir geschehen?*: «¿Qué me ha sucedido?»
(El cuadro recoge una nimia experiencia de Mons, en el
aeropuerto de Miami. Mientras esperaba su avión, vio una
enorme cucaracha que empezaba a atravesar el amplio
corredor entre cien pies rápidos que iban y venían. La cucaracha se detenía de pronto, cuando ya estaba a punto de ser
aplastada por un zapatón, volvía a emprender su marcha
hacia otros peligrosos zapatillones, nuevas pruebas añadi-
das, se paraba de golpe, quizás alertada por una sombra o
vibración, y reanudaba su camino prudentemente. Mons
empezó a identificarse con la cucaracha, dijo, y a sentir la
angustia de que no lograría atravesar ese río de pies rápidos;
la cuca cucaracha volvía a detenerse y, pasado el pie del peli-

gro, avanzaba de nuevo, hasta que al fin, fin feliz, uf, logró llegar a la meta prometida, una máquina expendedora de refrescos, tras la que se escondió. Mons estaba sudando, quizá también de excitación, y le pareció haber ganado una apuesta. Pero quizás a la cucaracha le esperaba aún lo peor. Mons dijo que entonces pensó que la cucaracha de Miami podía despertarse, tras un sueño más que agitado, convertida en un empleado de comercio de Praga.) Pocas noches después, tras debatirse con sus dudas, rudas siempre, rasgó ese cuadro de modo tan agitado como lo pintara. Pero no pudo librarse tan fácilmente del insensato insecto. Imposible luchar contra la plaga. Un año más tarde, encerrado en su caserón de Enfer, volvió a emborronar la borrosa silueta que apenas se adivina a ras del suelo tras un sutil tul rosáceo. Y parece que se abre (¿con sus patas?) como una gran M.

11

ODDRADEK

Durante el invierno de 1991, Mons se dedicó a crear en su estudio berlinés de Kreuzberg, con la ayuda del joven escultor suizo Klaus Holzmann, unos extraños homúnculos-marionetas de palitroques e hilos que presentaría en la Dokumenta de Kassel de ese año.

La crítica (ese monstruo anónimo de muchas lenguas, poco ojo y aún menos cabeza, según la expeditiva definición de Mons) habló entonces de «neo-neo-constructivismo», de «purismo povero», de «Dada long legs» (!) y otras Tzarandajas pero nadie mencionó a Kafka. Y, sin embargo, Mons no hizo más que seguir fielmente la descripción que Kafka da del llamado Odradek en su cuento «La preocupación del padre de familia»:

«Su aspecto es el de un huso de hilo, plano y con forma de estrella, y la verdad es que parece hecho de hilo, pero de pedazos de hilo cortados, viejos, anudados y entreverados, de distinta clase y color. No sólo es un huso; del centro de la estrella sale un palito transversal, y en este palito se articula otro en ángulo recto. Con ayuda de este último palito de un lado y uno de los rayos de la estrella del otro, el conjunto puede pararse como si tuviera dos piernas.

»Uno estaría tentado de creer que esta estructura tuvo alguna vez una forma adecuada a una función, y que ahora está rota. Sin embargo, tal no parece ser el caso; por lo menos no hay ningún indicio en ese sentido; en ninguna parte se ven composturas o roturas; el conjunto parece inservible, pero a su manera completo. Nada más podemos decir, porque Odradek es extraordinariamente movedizo y no se deja apresar.»

Mons leyó este cuento de Kafka, más de veinte años antes, en Londres, lo comentó profusamente con sus compinches del grupo «Artychoke», en especial con el pintor Albert Alter, y quizá para subrayar la extrañeza de ese ser, o la sensación extraña que le produjo, escribió Odradek con doble d, de «odd». El Odradek obra de K. le trajo de pronto el recuerdo de una extraña raíz retorcida grande como una muñeca con hilos o raicillas que salían de sus muñones oscuros, colgada de una viga del gabinete de su abuelo el doctor Verdugo. Kafka quizá fue un pretexto prestigioso. Pero lo que no cabe duda es que los monstruos de Mons tienen raíces antiguas.

Mons volvió a ver o a imaginar a su extraño Oddradek colgado de una viga de su estudio de Enfer y la sombra que proyectaba —medio mandrágora y medio hombre ahorcado— la fue copiando en un lienzo hasta reproducir con exactitud la estrella o mala estrella de cuatro puntas o equis enig-

mática que forma la figura que levanta los brazos y abre las
piernas.

12

Esa serie de retratos o borrones al óleo y a la tinta de
Mons, completados en Enfer a fines de 1997, que representan cabezotas fofas de forma y textura de esponja (con sus
poros bien abiertos, como sus ojos y bocas apenas más
grandes, aunque algo más oscuros) que se multiplican en
enormes multitudes rectangulares repletas de cabezas
esponjiformes que recuerdan los fondos marinos. Cuando
se expusieron algunos, tres o cuatro años antes, en la galería
berlinesa de Uwe Wach, un crítico de arte alemán habló de
espongiarios y hombres-esponjas. *Schwammdrüber!*, titulaba su crónica en el *Berliner Zeitung*, como quien dice pase-
mos la esponja, o borrón y cuenta nueva. El hombre-
esponja, aseguraba el crítico, es característico de nuestra
época. Todo lo absorbe y no retiene nada. Absorbe instan-
táneamente lo que ve y oye por donde pasa, toda suerte de
anuncios publicitarios, de discursos y concursos, de imágenes televisivas, virtuales y desvirtuadas, de mensajes radio-
fónicos, internéticos y minitelepáticos, de titulares de
periódicos, y todo lo devuelve con un gran bostezo para
quedarse de nuevo vacío y disponible.

Tal vez el crítico entusiasta habría sido algo más cauto,
y menos elocuente, de llegar a sospechar el método de
Mons, su manera de esponjarse. Borrón y cuenta nueva,
efectivamente.

Una fría madrugada de fines de otoño en Berlín (tras
haber bebido como una esponja, podría añadirse con pro-

piedad) Mons tuvo la suficiente lucidez para volver a su estudio a borrar el cuadro en que había trabajado durante toda la jornada. Al final lanzó la esponja contra el lienzo recién fregado y la marca, borrón nuevo, le hizo hurrabuznar o eurekakarear —así como resuena— de entusiasmo. Sólo tuvo que completar el esponjazo, prolongar los hilillos de la red sabiamente tejida por el azar.

Meses más tarde, cuando se expusieron por vez primera, sus hombres-esponja hicieron correr mucha tinta.

El hombre-esponja es el hombre ávido y vacío de este fin de siglo, es cada hijo de vecino, somos tú y yo cuando encendemos la televisión u hojeamos en una sala de espera cualquier revista ilustrada. El hombre-esponja, por qué no, es también un autorretrato de Mons. El único que salvó de la serie —el último— realizada en Enfer.

13

La montaña de Mons

En sus caminatas por el bosque de Grunewald, a primeras horas de la tarde, Mons solía hacer un alto junto a la montaña del Diablo, Teufelsberg, levantada con los escombros del Berlín bombardeado durante la guerra. Además del nombre, le gustaba que fuese en cierto modo una construcción de destrucciones. Qué geólogo del dolor y la muerte podía explicar en detalle sus diferentes estratos ocultos, su tectónica teutónica, de hormigas reconstructoras. Con frecuencia coincidía al borde de la montaña con un anciano tieso de abrigo negro que, cruzado de brazos, un puño bajo la barbilla, seguía con ojo atento las idas y venidas de los niños incansables que se deslizaban por el tobogán de la ladera y volvían a escalarla excitados.

Pensó que a lo mejor vigilaba de lejos a sus nietos, hasta que reparó en la dureza de la mirada, glacial, esa fijeza del ojo del ave de presa a punto de lanzarse en picado. «¡Los diablillos!»…, exclamó en alemán al lado una matrona embufandada que seguía enternecida los juegos de los niños allá por la montaña. Mons se vio transportado a una fiesta de disfraces infantil, en Madrid, a la que iba a regañadientes disfrazado de diablo rojo, y enrojecido de tanto llorar.

Lo curioso es que desde que se fijara en el ojo glacial del viejo, no volvió a verlo ante la montaña. ¿De su montaña? La cara aguileña del viejo le resultaba vagamente familiar. Hasta que logró ubicarla. Mons lo transformó en el quimérico diablo pensativo que desde lo alto de Notre-Dame domina París y quizá lo está pensando. Hay dos versiones del cuadro. La primera —una montaña oscura o perfil picudo de corte amenazador, que la joven escultora Anne Kiefer admiró alguna vez, no sin aprensión, en el estudio de Mons— fue destruida con otras obras en la noche de purga en que Mons dio cuenta de su *Monstruario*. En la versión reciente, realizada en Enfer, el diablo-gárgola está envuelto en un abrigo negro y vigila al borde de la gran hondonada la caída de los niños por la ladera. El viejo lleva el cuello del abrigo subido como unas orejas puntiagudas y la montaña abajo y a lo lejos parece su propia sombra.

14

EL MONSTRUO DE MONS

La afición de Mons por los sucesos y casos truculentos. Hará unos años, durante una visita veraniega a Enfer, me condujo una tarde en su antiguo taxi londinense a Gambais, a unos cuarenta kilómetros, con el pretexto de visitar el cementerio en que reposa el pintor cubista Robert Delaunay. ¿Delaunay? Me extrañó, porque no sospechaba tal veneración... Hasta llegar a un muro de Gambais (no del cementerio) y una casa cualquiera entre árboles de la que reconocí los rombos de mosaico en las cornisas, que adornan también las esquinas de su tríptico *El secreto de Barba Azul*, que representa a Landrú vestido de mago (su cabeza calva con barba puntiaguda recuerda además a la de Mons) que hace sus números de prestidigitación sobre una pequeña cocina de hierro, vigilado por los retratos de varias mujeres en la pared. Me había llevado a Gambais para que viera la casa en que Landrú hizo desaparecer a las infortunadas mujeres (¿9?) seducidas. Quién se atrevería a llamarlo indeseable. ¡Enrique el Deseado!, se atragantaba de risas Mons. No me digas que no era fabuloso su nombre: Henri Désiré... Mons a zancadas por la landa de Landrú.

En la primavera de 1997, a medida que se multiplicaban las noticias del descuartizador de la ciudad belga de Mons, que iba repartiendo trozos de mujeres (¿tres, cinco o más mujeres asesinadas?) envueltos en bolsas de basura, por sitios de nombres significativos, el río del Odio, el camino de la Inquietud, el camino de la Soledad, Mons solía telefonearme, desde ciudades muy distintas, para comentar excitado los descubrimientos. Pero yo no soy el monstruo de Mons..., solía bromear. Lo cierto es que nunca puso los pies en Mons. Había estado varias veces a punto de visitar esa antigua ciudad del sudoeste de Bélgica, casi en la frontera con Francia, entre los ríos Trouille (Miedo) y Haine (Odio), pero un sueño le impedía acercarse. También él sintió miedo o *trouille*... En ese sueño de hace muchos años, que él creía premonitorio, viajaba conduciendo un auto negro (¿su taxi inglés?) que de pronto no lograba controlar y antes de estrellarse alcanzaba a ver el cartel que anunciaba MONS en letras negras. Sabía casi todo sobre la ciudad de Mons, y sus cercanas zonas industriales deprimidas, acerca de su colegiala de Santa Wandru, de su ayuntamiento gótico, de su estación y las callejuelas adyacentes, de la prisión en que estuvo encerrado Verlaine, pero no podía acercarse a la ciudad —prohibida— de su nombre. Quizá el cuadro recién pintado en Enfer, *Le Monstre reprit ses chemins*, en que se ve la silueta oscura de Mons, que avanza con unas bolsas negras de basura en la mano, hacia un horizonte sombrío en el que se destacan la silueta de la colegiala y de varias chimeneas, fue una forma de acercarse a la ciudad de su sueño. Pero las piedras en el suelo son, o lo parecen, cabezas de mujer. Creo reconocer sin lugar a dudas la cabeza pálida y ojiabierta de Eva Lalka que asoma entre unos hierbajos.

15

LA VENUS DEL RETROVISOR

La Venus del espejo le dio la pose (aunque forzada a semienroscarse, desnuda en lo que parece el asiento de un auto utilitario, también se nos ofrece de espaldas) y de paso las curvas de la cintura, de la cadera y de las nalgas, algo más atléticas que las del único desnudo velazqueño.

La vi irse formando durante este agosto último en el espacio violeta de la tela colocada, en el estudio de Enfer, frente al asiento trasero violeta de un Twingo que Mons había sacado de un depósito de desguace de automóviles que se anunciaba al borde de la carretera, cerca de Avernes, en grandes letras blancas: FER HARRY. Siempre que pasábamos por allí, en el taxi de Mons, celebrábamos el letrero.

Una sospechosa mancha castaña oscura (¿de sangre?) en el tapizado.

¿Habría posado la modelo —la Venus de verdad— en ese asiento de Twingo?

En el cuadro el asiento está envuelto en un aura de violados y morados claros, quizás en un campo una noche de verano. Ella es la luz que destella en la noche.

Apenas se le ve, porque está de espaldas, el suave óvalo de la cara, enmarcada por una deslumbrante pelambrera albina. Mientras Mons la iba pintando de la cabeza a los pies, demorándose especialmente en las uñas moradas, yo estaba atento más bien al espejo retrovisor en alto apenas esbozado en el que, suponía, habría de reflejarse finalmente el rostro de la Venus del Twingo. Supe que venía de la vida y que Mons la encontró no hace mucho. En realidad, durante bastante tiempo, se limitó a verla de lejos, fugazmente. Cuando Mons regresaba a Enfer al caer la noche, de sus cacerías pictóricas en su taxi inglés, solía verla apostada en un Twingo violeta al borde de algún camino y sobre todo a la entrada de un puente sobre el Sena, en Gargenville. Un fanal en la noche, para atraer sus presas. El Twingo con el interior iluminado en el que brillaba como señuelo una peluca fluorescente. A la entrada de ese puente sobre el Sena había de noche, junto a un hotel-restaurante, una hilera de camiones. A veces el Twingo, notó Mons, estaba algo más lejos, sin luces, en un sendero del campo. La trabajadora del amor, solía llamarla. Una noche al divisar la peluca encendida en el interior del Twingo, se decidió a apaciguar su curiosidad. Mons, en el fondo, es más Acteón que actor. Como Acteón, sólo quería mirar. Así dijo. Quería mirarla de cerca, ver su cara. ¿Sólo la cara? Aparcó al lado del Twingo y entró a conversar. Y enseguida entraron en tratos. Aceptó, entre desconfiada y vanidosa, la propuesta. Dejarse retratar allí, con la peluca, en el coche iluminado. Una escena fantasmagórica en ese puente. Mons apoyando su cuaderno de dibujo en el capó de su taxi anticuado, frente a la luciérnaga del amor. ¿Sólo la vio esa noche? Mons no siempre contesta a las preguntas del señor biógrafo. Mientras seguía revelando a pinceladas ese cuerpo desnudo bien musculado, yo esperaba ver aparecer de pronto su rostro. ¿Cómo era? Si te lo dijera, no lo creerías. En realidad utilizaba la peluca sobre todo para que no la reconocieran. De día trabajaba en una oficina de Correos cercana. Sentado en el asiento del Twingo, frente a la Venus de Mons, recordé el tiempo de maricastaña en que me instalaba en el diván de la National Gallery de Londres frente a la Venus de Velázquez tratando de distinguir mejor el rostro algo borroso y abotargado de la bella en el espejo. Y recuerdo aquel comentario de Mons in situ: ¡Tiene el culo más limpio que la cara! Pasé varias noches de fines de agosto por ese puente sobre el Sena, en el taxi conducido peligrosamente por Mons —un zurdo con el volante a la derecha…— pero no vimos el Twingo violeta de la destajista del amor. ¿Necesitaba volverla a ver para seguir pintándola? Se le ocurrió ir a visitar aquella tarde de agosto a la Venus de Milo y le acompañé al Louvre hirviente de turistas. Se olvidó de la Venus de mil o más admiradores para dar vueltas en torno al Hermafrodita dormido en su colchón, menos acosado, e incluso hizo algún bosquejo de la media luna de una nalga y del marmóreo miembro dormido. Volvimos a repasar otras noches por el puente. La fila de camiones seguía pernoctando donde siempre, pero ni rastro del Twingo fantasma. Sólo brillaba la peluca en el estudio de Enfer. Al disponerse a dar los últimos toques a su cuadro violado, Mons me tendió una hoja de un periódico local. Otro capítulo de sucesos. Se llamaba Dominique. Lady Twingo, también le decían. Ojos grandes, muy maquillados, en una cara larga y huesuda. También venía la foto del Twingo, donde ejercía la prostitución. Ejercer, qué palabra. Y la Policía estaba ampliando sus investigaciones hacia algunos camioneros de países del Este que pudieran haber tenido relaciones con el travestido Dominique Couto porque el arma del crimen era un martillo de marca checa, con el que le machacaron el cráneo y el rostro, completamente desfigurado. Mons no reflejó en el retrovisor de su cuadro el rostro misterioso de su Venus pero reprodujo con absoluta fidelidad y perfección los genitales del Hermafrodita del Louvre. Si Venus le dio las nalgas, Mercurio le dio el azogue, hubiera querido decir, pero Mons lo habría interpretado mal o como mero juego inoportuno. Miro el pitorro en el retrovisor y me parece sobre todo que Mons quiso poner un toque tierno.

16

LA DIVA BOTELLA

La serie de dibujos, en general de pequeño formato, con retratos de artistas y escritores aficionados al trago: Halls, Soutine, Munch, Poe, Joyce, Faulkner, Lowry… El más terrible, acaso, *Musa y músico*: Mussorgsky, revueltos su pelo negro y una barba que se derrama rojiza sobre su pechera, contempla con ojos inyectados en sangre al resplandor de las llamas una botella blanquecina que parece flotar en el aire.

Otra aparición no menos sorprendente, a la sanguina: una cabeza pelirroja de mujer asoma por el cuello de una botella de vino tinto medio llena, hasta el pubis rojo. El resto del cuerpo, desnudo, de la mujer también aparece rojo en la botella semitransparente. Sus senos, llenos y redondos, están aureolados igualmente de rojo y los pezones brillan como brasas, tan vivos como los ojos y los labios entreabiertos.

El desnudo y la botella parecen venir del mundo de Magritte, y la cabeza de fuego tal vez del espectral de Munch, pero yo estaba seguro de que la idea brillante del cuadro se la dio en realidad el cuento «La Princesa Brambilla» de Hoffmann. Mejor llámala Bombilla, protestó Mons, que me aseguraría que nunca oyó hablar de tal cuento. Y por mi parte yo no había oído hablar, hasta esa tarde en Enfer, de la que él llama la Marquesa Muda y la Dueña del Silencio. Y, jugando con su nombre, Silvia Silente. Una marquesa italiana que cría caballos en una hacienda —con mansión blanca del siglo XVIII— no lejos de Enfer. Uno de los escasos vecinos con los que Mons se relaciona. Al enterarse ella de que vivía un pintor de renombre en la zona, hace años, le envió una carta preguntándole si estaría interesado en hacer el retrato de sus mejores pura sangre. Mons le contestó divertido que no pintaba caballos sin amazonas pero que para no desairarla estaba dispuesto a visitar sus caballerizas. Ella le envió una invitación bastante formal y, guiño cómplice, le recibió a la entrada de su mansión neoclásica vestida de amazona. Una pelirroja de gran prestancia, y línea fina, en su ajustado chaquetón de terciopelo negro. Mons no sabía hasta entonces que era sordomuda pero, asegura él, pueden hablarse durante horas con los ojos. Y no sólo a ojos vistas. No sé si durante la primera visita establecieron ya el ritual nocturno de la diva botella. Se sientan uno frente a la otra, a una gran mesa, iluminados por candelabros, y con una botella de buen burdeos (siempre burdeos) en el centro, empiezan el diálogo y trasiego mudo. Ella le escribe algo a Mons, en un bloc marcado STENO, se lo pasa y Mons le contesta en la página siguiente, a veces sólo con un dibujo. Así dialogan pausadamente dando cuenta de la botella, y del bloc, vaso a vaso y frase a dibujo. Empiezan otra botella y otro cuaderno, forman nuevas palabras y figuras, hasta que la escritura y el pulso les fallan. Ella ha sufrido mucho, en sus sesenta años de vida, desde niña condenada al silencio, y en sus años de matrimonio con un cazadotes tarambana, que murió no hace mucho de un cáncer, y sobre todo con la muerte del hijo, lanzado contra un árbol por un caballo, poco antes de conocer a Mons, y también a causa del olvido de su hija, que vive en Boston, y nunca se digna visitarla o invitarla. En vez de caballos Mons le fue dibujando borrachos. Halls, Soutine, Munch, Pollock…, aureolados en un rojo que Mons llama «rouge» Rotschild, y aborrachado convendría también, para esos rostros encendidos, que iluminan sus noches con la amiga silenciosa. Modigliani, Gorky, Grosz…, toda la serie para ella, su verdadera Diva, mientras se intercambiaban confidencias a la media luz de vela. In vino veritas, todas las verdades del corazón y del alma, que no sabe decir la boca. Y también le pintó un caballo, en una botella, que estaba vacía sobre el borde de la bañera rojo rothko de Edmonde. Y le contaría, quizás, como me dijo medio borracho una noche en Enfer, que fue él el que la empujó a la bebida, a Edmonde, y la ahogó en alcohol realmente. Y que Edmonde no sólo se abrió las venas con una cuchilla de afeitar, sino también con un vaso roto. El espíritu del vino se enciende quizá en el cuello de la botella por donde asoma la bella cabeza roja de la diva verdad desnuda.

17

POLÍPTICO DEL AHORCADO
(LE BAL DU PENDULE)

Los desconchones blancos y alargados en un muro del caserón-estudio de Enfer, junto al portón de entrada al patio, en el chemin d'Avernes, parecen siluetas de bailaoras y danzarines que piruetean y alzan los brazos y doblan las piernas en las más variadas posturas, según me hizo descubrir Mons, cuando ya los había metido en los seis cuadros de su políptico *Le Bal du Pendule*. El péndulo-pelele-ahorcado cuelga de una viga, en distintas posiciones en cada cuadro, rodeado de los extraños bailarines blancos, entre los que destaca la figura andrógina de senos rojos y piernas negras. ¿La silueta de Edmonde la bailarina? O quizá Edmonde es el grácil arabesco o figura blanca que se sostiene con una sola pierna y levanta la otra y los brazos en el primer cuadro del políptico, bajo el ahorcado rígido como una espada de Damocles.

Es una danza macabra de fantasmas en la que se pueden reconocer además las siluetas características (cada quien en su cuadro y en diferente posición, señalado o apuntado por el péndulo-ahorcado, entre los demás bailarines) de otros muertos de Mons: Anne Kiefer, Hellen Gulick, Eva Lalka, el profesor Reck, Ziegel el arquitecto…

Hay también una figurita tiesa y negra como un tizón junto a la gran chimenea del primer cuadro que es Madame Pierret, la granjera vecina que le cuida la casa y le cuenta a Mons las mil y una historias del lugar. Mons también la llama Hija del Rayo, porque un rayo travieso se le coló por la chimenea de la cocina, la enlazó como si valsara con ella y sólo le quitó una chancleta antes de escaparse al campo echando chispas… Por eso, asegura Mons, se quedó tan renegrida.

Mons sabía que su estudio, que ocupa toda la primera planta del caserón, había sido antes la sala de baile del lugar. Pero Madame Pierret le contaría que mucho antes, durante la guerra, fue la granja en que se ahorcó el pobre Gervais. Tal vez a causa de eso a Mons se le ocurrió añadir al políptico un autorretrato con cabezón de cíclope, alzado, en cuyo ojo muy abierto se refleja una viga saliente como un trampolín. ¿Qué quería dar a entender?, me inquieté. Al menos veo y dejo que se vea la viga maestra en mi propio ojo, fue su comentario, casi evangélico.

II
DE MONS EN ENFER

¡Vente al Infierno!, la habitual broma de Mons. Un frío realmente infernal. Divisé de nuevo las desconchaduras blancas que bailotean por el muro gris, junto al portón marrón. Fui a Enfer porque me pidió que viniera. Cuanto antes. Sabía que yo estaba de viaje y me fue siguiendo la pista con su reiterado recado urgente. Sólo que recogí el mensaje de Mons tres días después, al regresar al Hotel Majestic de Barcelona. Como siempre, hubiera podido volver a decirme, llegas demasiado tarde. En la parte adoquinada del patio todos aquellos cuadros medio carbonizados. Casi como Madame Pierret, en su impermeable oscuro y con botas altas de goma, que contemplaba a mi lado el montículo. Al pie de la escalera exterior, siempreverde de verdín. Se diría que tuvo prisa en quemarlos, apilándolos tan cerca de la casa, o no quiso embarrarse los pies en el centro del patio. El olor a chamusquina aún. Madame Pierret no se había atrevido a limpiar el patio ni el estudio, hasta que regresara Monsieur Mons. Cenizas, carbones, añicos de colorines…

Quedaban, irrisorio testimonio, los garabatos que escribí para los cuadros de una exposición que hubiera debido titularse cuadros para el fuego de Enfer, apenas unas cuantas hojas entre potes de pintura y trapos pringosos en la gran mesa del estudio, en desorden de batalla, anteriormente salón de baile, que siga la danza macabra, y antes la granja del ahorcado, a causa del pobre diablo que se colgó de la alta viga mucho antes de que la primera mujer de Mons siguiera su ejemplo por otros medios y quizá para inspirar a Mons sus negros pensamientos y sus más negras pinturas. En la pared, encima de la puerta del estudio, escrito (lema fresco) con letrazos negros en francés: *En Enfer, il n'y a pas de Rédemption*. Su escritura picuda... ¿No hay redención en Enfer? Y, sin embargo, parecía trabajar tan animado pocos días antes. En el patio su viejo taxi cargado aún con las telas que pensaba pintar en próximas correrías. Primero a Auvers-sur-Oise, para pintar allí una sombra de Van Gogh. Y luego a ese recodo del Sena en Vétheuil, junto a la casa blanca encaramada en el acantilado, que él llama la casa portuguesa, para pintar una *débâcle* blanca y gris, varios bloques de hielo río abajo entre los que se reconocería uno como pálida cara exangüe... A pesar de la lluvia me llevó en su fúnebre coche inglés hasta el rincón de Edmonde, dijo, hace un par de meses, antes de mostrarme el boceto. Ofelia helada..., le propuse el título sin comprender sus intenciones. La esfinge de los hielos...

Volvía a admirar desde la ventana de su estudio las barras de plata sobre gris —la hilera de abedules contra el cielo— que Mons incorporó como ventanas minimalistas de barrotes en esas obras maliciosas tituladas *Suprematisse I, II, III*... Prefería mirar ese cuadro lejano que el destrozo a mis pies.

Mons Veneris no acabó ardiendo en el patio —difícil transportarlo— pero Mons le arrancó la piel a tiras, lo hizo trizas. Podía reconocer por el suelo del estudio el fragmento de la media negra de Ara, la hermanastra de Mons, aquella suave prenda de sus primeras masturbaciones matritenses. (A menos que fuera la media-culebra del strip-tease de Melusina.) Y la barriguita de arcilla de Anne Kiefer. Y el salto de cama que marca los volúmenes luminosos de Hellen Gulick. Y la grupa lisa de Eva Lalka a caballo de su amante de ébano. Y los senos como manzanas de la mujer encapuchada. Y un buen trozo de sus finas piernas enfundadas en medias negras. Y el pubis que Mons pintara intrépido. Incontables noches ella lo cabalgaba encapuchada y cuando el horrible rostro bilioso en su vientre se iba a aplastar sobre la cara del pintor, éste despertaba indefectiblemente.

En el estudio había cinco telas de cinco vientres (¿el mismo?) agujereados en el centro, o quemados, que dibujaban sobre la pared la silueta hueca de la misma cara. Las letras V.I.T.R.I.O.L. marcadas a fuego en un vientre, bajo la silueta hueca de una cara. ¿O de feto? Mons el destripador... Víctor vitriólico...

En un antiguo balneario de Baden-Baden, donde su madre se reponía hace unos meses de sus achaques de artrosis, Mons descubrió el perfecto perfil de Virgen gótica de otra octagenaria que desayunaba sola, a una mesa vecina. Poco después, al pasar junto a ellos, mostró el otro lado de su cara, horriblemente quemado. Se contaba que en su juventud una rival celosa le había arrojado vitriolo. Para mayor horror hubo error: la mujer celosa —y ofuscada— la confundió con la rival a la que pretendía desfigurar.

No sé si Mons llegó a dibujar esa cara o cruz quemada, o la incorporó a sus *Têtes brûlées*. De Baden-Baden me envió el dibujo de ciervo o Acteón que salta a la entrada de ese balneario, en Hirschstrasse.

Me demoré en vano intentando desenredar las siglas quemadas. Verás Interiormente Tu Rostro Inalcanzable... ¿Había encontrado Mons el verdadero rostro de su mecenas de colmillos retorcidos? ¿O el autorretrato inalcanzable? Intentaría de nuevo el retrato del que llama Don Jabalí. Lo curioso, tendré que contárselo diccionario en mano, es que es Mons en cierto modo. Jabalí viene de una palabra árabe, *yábal*, que significa monte. ¡Sus! Tanto monte…

En un reciente viaje a Colmar, para rever el inagotable retablo de Issenheim de su dios y supremo creador Grünewald, Mons tuvo un encuentro, quizá no fortuito, me dijo, en el museo de Unterlinden, con una elegante alemana, todavía joven de aspecto y muy atractiva, Eva Eberhardt, que había enviudado hacía pocos años, y era una gran conocedora de pintura antigua. Se había acercado a Mons al verlo dibujar en un sobre los pies superpuestos del Crucificado de Grünewald en los que había incluido como herida la imagen esquemática de otro crucificado. Allí ella le demostró que se sabía al dedillo hasta la más mínima llaga y pústula y estigma de las criaturas de Grünewald. Continuaron la conversación en un café cercano llamado inevitablemente Chez Hansi y después fueron a recorrer los rincones pintorescos de la Petite Venise. El aleteo de sus abrigos negros… ¿Para incorporarlo en la próxima pintura negra? Mons me contó también por teléfono que su Eva alemana había vivido, a fines de los 60, en Little Venice. A lo mejor se habían cruzado más de una vez en esa Venezuela londinense. Fueron luego a Estrasburgo, por la ruta del vino, en el coche blanco mercedario de ella. No les dio tiempo a visitar la catedral pero se pasearon ante las casetas navideñas de alrededor. Cenaron en el Kammerzell y acabaron durmiendo juntos en las alturas y angosturas de un minúsculo cuarto abuhardillado de ese viejo edificio. Mons reconocería que bebió sin moderación el riesling que tanto hacía reír a su amiga la crítica Joyce Adam, que en paz descanse, y la nueva Eva no rehusó ningún brindis.

A cada *Prosit* más próximos. Se sacudía vivaz la cabellera rubia que enmarcaba el animado óvalo de su cara, algo enrojecida ya, con su gracioso hoyuelo en el mentón. (La obsesión del hoyuelo… ¿No sería una ilusión?) Subieron a trompicones al séptimo cielo. Cuando Eva empezaba a desnudarse con ayuda de Mons, allí arriba a la sombra de la catedral, él le pidió que no se quitara aún sus medias negras, porque su cuerpo delgado y su blancura, la espuma albina de su monte de Venus, y el aroma intensamente marinado de su concha, le recordaron los de la encapuchada del hotel de Charing Cross. ¿Le había contado ya la historia del retrato en el vientre o fue más tarde? Y ella se dejó engatusar y encapuchar, riendo, con su propia bufanda negra. ¿O con la de él? Mons juraría —pero bebió demasiado riesling y orujo de Gewurz— que el rostro cetrino volvía a aplastarse contra el suyo intentando hundirle los colmillos cuando ella lo espoleaba galopando hacia el jardín de las delicias y de los suplicios mientras le clavaba sus afiladas uñas en las muñecas y le sujetaba las manos contra la cabecera. Ecce Pictor. ¿O Victor? Pictor Mons. Como decía medio en broma uno de sus matasellos de artista-pintor. Habían hablado antes —¿o fue después?— del secreto perdido de los maestros antiguos.

Mmm! Memling mismo no me amaría mejor, le dijo ella a la mañana siguiente, antes de despedirse, porque tenía que regresar temprano a Friburgo. ¿No sería profesora de arte? Mons cree que sí. Aunque a lo mejor lo era en Heidelberg. Y Eva Eberhardt (¿Dr. Eva Eberhardt?) para demostrarle que era verdaderamente entendida, y cazaba las alusiones, volvió a mentar a Memling y le recomendó a Mons que antes de volver a París no dejara de visitar el Musée des Beaux-Arts.

Volví a releer las palabras garabateadas por Mons en el folleto del Museo des Beaux Arts de Estrasburgo, allí en la mesa de su estudio, junto a mi texto sobre sus últimas obras y todos esos viejos discos que reescuchaba incansablemente cuando las pintó: *Tableaux d'une Exposition, Lulu, Madrigales* de Gesualdo, *No se enmendará jamás* y —como él las llama— *Gouldberg Variations*…

«¿Memling el primero?», escribió en el folleto. Y a continuación: «También ésta incubándose en su cubo de cristal.»

Su cubo de cristal… Pensé al principio que se refería a su dama de la Ku'damm.

Trato aún de imaginar la cara de estupor de Mons, en ese museo de Estrasburgo, quizá reflejada en el cubo de cristal, en el centro de la pequeña sala, mientras escrutaba esa imagen del tamaño de una iluminación de un breviario. Su cara de estupor mirándose reflejada en el pequeño panel derecho, *Diable en enfer*, del *Tríptico de la Vanidad terrestre y de la Redención celeste* de Memling.

Tal vez se fijó primero en la hoja central del tríptico con la beldad desnuda de la cabellera rubia con diadema y en sandalias que se deja admirar doblemente en el espejo que sostiene su mano derecha, consciente de que el foco de todas las miradas es su monte de Venus ralo con raja. ¿Le recordaría el de la encapuchada?

Otra parte pudenda, con sapo, atraería probablemente su atención en la momia acartonada con calavera en la parte izquierda del tríptico.

Imagino a Mons dando la vuelta al cubo de cristal para ver el tríptico del reverso. El blasón con un lema que él podría también aplicarse: *Nul bien sans peine*. A cada trabajo su trabajo… El Señor rodeado de cuatro ángeles músicos. La calavera (con dientes como balas…) en un nicho.

Y de nuevo, sin salir aún de su asombro, ante el diablo en el infierno.

¿Habría querido copiar en vivo esa pintura de Memling el extraño mecenas anónimo de Mons?

Acaso se parecía realmente a ese rostro colmilludo y terrible (¿Don Jabalí? ¿O su nombre es Legión?) en el abdomen de un diablo andrógino de orejas en hélice, barba partida (¿el hoyo de Satán?), tetitas rojas como manzanas ponzoñosas y patas negras que va a precipitarse danzón por las fauces del Infierno; o acaso Mons vio en tiempos lejanos esa minúscula imagen de Memling, que se le quedó grabada más o menos inconscientemente para superponerse a la del mecenas de Londres y reaparecer en sus propias pesadillas, caprichos y monstruarios. Lo más terrible es que se le parece.

¿Uno acaba pareciéndose a lo que admira, ama o incluso más teme? Dejo la pregunta en el aire. Con otras muchas dudas y conjeturas.

Mons volvió precipitadamente a Enfer para completar la destrucción. ¿Por qué me llamó? Probablemente para que fuera testigo de su nueva espantada. Hizo como tantas veces. La ruleta del aeropuerto. Llega con su maletín a rastras, mira un tablero de partidas, Viena, Zurich, Amsterdam, el primer nombre que salta es el de su próximo destino. Acabo de hablar por teléfono con Uwe Doble, tan acostumbrado como yo a las salidas intempestivas de Mons, y me dice que no me preocupe. Mons está bien. Y cerca esta vez. En Madrid. Uwe Doble vuela mañana mismo a Madrid para cerciorarse. Y pasar la noche de San Silvestre con él. ¿O la noche de Walpurgis? Mons le dijo que no sale del Prado porque tiene un montón de ideas para reanudar (¿no se enmendará jamás?) su *Monstruario*.

ÍNDICE

Impreso en el mes de marzo de 1999
en HUROPE, S. L.
Lima, 3 bis
08030 Barcelona